Hanns-Otto Oechsle

Zamma semmr stark!

Oberstenfeld im September 2018

Herstellung und Verlag:
BoD - Books on Demand, Norderstedt
ISBN: 978-3-7481-8555-0
Printed in Germany

Titelbild: Tübingen, Hölderlinturm am Neckar
Hier verbrachte Friedrich Hölderlin, 1770–1843, einer der
größten deutschen Dichter, seine letzten Lebensjahre.

Hanns-Otto Oechsle
Zamma semmr stark
Alloi wär a jeder vorlora

Wer semmr? Was isch ons wichdich?
Was machd ons aus?

Ein Buch zum Lacha, Schmonzla ond Noachdenka

Nach vorne geht es oft atemberaubend schnell,
immer schneller, höher, weiter.
Doch dann stockt es und Probleme treten auf.
Wir suchen nach den Gründen und stellen fest,
dass wir die Verbindungen nach unten
zu unseren Wurzeln verloren haben.
Ein Buch über unser Familie,
unsere Freunde, unsere Vereine und unser Dorf,
eben über uns und über die Gruppen, in denen
wir Schwaben gut leben.
Ein Buch über s`Zammahalda.
en onserer harda Weld, Alloi semmer vorlora!
Zum Glück gibds d'Familie, guade Freund ond…
Mir halded zamma, denn bloß:
Zamma semmer stark!
Des isch schwäbisch grad wiea onsere Sidda,
Vorlieaba ond Medala.

Viel Spaß beim Lesen
Ihr Hanns-Otto Oechsle,
Oberstenfeld 2018
Autor und Maler

Zamma

Zamma isch mor mendschdens zwoi.
Zwoi zom Lacha,
zwoi zom Scherza,
zwoi zom Draga mancher Schmerza.
Zwoi zom Bruddla,
wenn was fehl
laufd en deim Leba
ond dei Seel duad koine Ruhe geba.

Alloi wärsch völlig dann verlassa.
Zamma koasch a Hand dann fassa,
diea die nodfalls heba duad.
Vordrau hald druff, des gibd dir Muad.

Ois woiß i, ond des isch s'Beschd,
des gibd Sicherheid, häld de feschd:
Zledschd nemmd die oiner an dei Hand,
zeigd dir a viel scheners Land.

Oser Familie

Ahna, Ehne, Weib ond Moa,
Doda, Dede, Onkel ond Dande
ond dorzu fufzich Vorwande
ond au des Babi Emilie
des isch Familie.

Mir halded zamma
Mit Herz ond Vorstand
Doafür vorwedd i mei reachde Hand.
Isch äbber en Nod,
brauchsch nex dorzua saga,
noa wird dor gholfa dei Päckle zu traga.
Bloß so kommsch guad durch diea Lebenswirra.
Alloi dädsch ziellos ens Oglück irra.
Schreib dors hendr d'Òhra ond merk dors ganz arg,
ois gild für emmr:
Zamma semmer stark!

Oberstenfeld im Bottwartal

Zamma schaffa

Dui Eiteilung vom Gschäfd hoad sich em Schwabaland
hald so ergäbba. Ob man sie so no ewich lassa muaß?
I woiß, diea Jonge macheds heud meh überschlagend
zamma ond des isch au guad so!

Was d'Muadr macha muss

Weibergschäfd

Kocha, butza, wäscha, biegla,
en dr Küche schaffa, schneida Zwiebla,
Veschber macha, s`Baby stilla
Tee end Drenkfläschla eifülla,
d'Staffel wixa ond au d'Schuah
ond d'Oma lässd ihr au koi Ruah.
Komm mir müssed jetzd en Garda.
d'reife Dräubla dean ned warda,
falled oifach na zur Erda.
Mid Dräubleskuacha däds nix werda.
Schnell moal nach dem Baby gsäh,
Gschdank duad aus ihrm Beddle wäha.
D'Wedl isch scho wieder voll,
was normal sei soll!
D'Gass gherd au moal wieder kehrd,
bevor sich d'Noachbere beschwerd,
dass, des säh doch jedes Kend,
dei Dreck landed bei mir, s'käm vom Wend.
Schnell wird kochd ond gessa,
gern wär se no a bissle gsessa,
doch doa hörd se Babygschrei,
sei Wendl voll, des muss es sei!

Nachem Spüala, welch a Glück,
kehrd a bissle d'Ruah zurück.
Doch mid dene Hausuffgabe,
dean sich d'Schülerkender plaga
ond au d'Muader, der arm Tropf,
prüafd se noach mid rodem Kopf.
Ablenkung isch au dorbei,
weil scho wieder Babygschrei.
Mid de Wendla ischs bald aus
Ond sui kommd ned ausem Haus.

Dor Rega drussa isch koin Spaß,
der machd dui drogga Wäsch grad nass.
Wenns Nachd wird isch des Dagwerk gschaffd,
d'Muader richds Veschber mid ledschder Krafd.
Noa kommd ihr Männe ganz müad nach Haus

Ond sechd:

Du siehsch ganz abgschaffd aus!
Des isch a Lob ond gar koi Tadl.
Wer vom Schaffa ald aussiehd
ghörd zom Schwäbischa Adel.

Ond was machd ihr Moa?
Männergschäfd

En dr Nachd no ausem Haus,
so beginnd sei Dag, so siehd der aus.
En dr Wellbäbbe seid halb sex'.
Isch des nex?
Extra früh wird dord glei gscharded,
weil sei Wengerd uffen warded
ond ab Middags om halb drei
häld er sich für d`Reba frei.
No wird gschbritzd ond ghaggd ond gschnidda
Ond durchd Obdsdoalag moal gschridda,
ob der Zau ao isch o.k.
Henda a Loch, des wared d'Reh!
A Loch em Boda middem Biggl,
Ond drenna en gschbitzder Stiggl
Sonschd koaschd Himbeer grad vorgessa,
weil d'Reh dean au gern Süaßes essa.
Hend Küahla heid scho äbbes Fudder?
Normal vorsorgd diea d'Muddr,
doch heud goahds derra wieder schlechd,
sui leid em Bed, für s'Ziefer schlechd.
Zom Glück kommd sei Großer ausem Haus,
der fährd dor Schlebber uff d'Wiesa naus,
schneided no a Wägela Gras.
Onds Beschd: Des machd ehm Spaß!
S'Mischda muaß dr Vaddr macha,
au bei de Säu, doa muaßer lacha,
weil dia send rond ond fedd.
Bald geids Metzlsupp, i wed!

Wenn des henich Dach ned wär,
gäbs no Zeid fürs Veschber her.
So wird uff am Schlebber gsessa
Ond des Brod beim Mischt breida gässa.
Bei derra guada Leberwurschd ihr Dufd
fälld des faschd ned uff.

No am Oabend, bei halberder Nachd
hoad er neue Ziegl uffs Dach gmachd.
Sei Weible guggd em vom Dachfeaschder zua.
Doch für heud doa lässd se'n en Ruah.
Morga isch Baddag, doa isch dui vorbei,
weil oimoal s'Weib vorwehna muaß sei!
Doa duad mor hald langsam, wird wenicher gschaffd.
Denn noachem Bada, doa brauchd mor viel Krafd.

Ons Schwoaba hoad dr Herrgott fürs Schaffa erfonda
Ond ned fürs Faullenza en de helle Stonda.
S'greschd Lob uffem Leichd isch vom Pfarrer noa:
Dr sell war a uffrechder, schafficher Moa!

Kendergschäfd

Schwäbische Kender send ned faul,
diea wualed wiea a Karragaul.
Älles was leichder isch heba
lupfed siea, des hilfd dr Familie beim Leba.
Ond weil se joa normal no klei
schlupfed se leichder ens Fässle nei.
Deshalb müssed diea des butza
ond weil se leichd send d'Kammerz stutza.
Lauf moal uffs Feld mid schnelle Schridd
Ond nemm em Vaddr sei Essa mid.
Ond breng de Säu ihr Fuddr,
ruafd ehm noach sei Muddr.

Zum Lerna blieb do wenich Zeid,
deshalb kam koiner mid Lesa weid
ond auch des Rechna war ned ihr Sach
vielleichd nos Addiera mid Ach ond Krach.
Doch woiß mor heud, es war send ond schad, dass mor
dene nix beibroachd had.
D'Sonndagsschual hods brachd
ond manchen Baurabua zum Lehrer gmachd.
Seiddem woiß mor bis heid:
S'geid koin Stand mid bloß domme Leid.
Wer koi Bildung griagd ond koi Wissa,
der isch sei Leba lang bschissa.

12

Ohne dia

Feschdla

Au wemmr bhäb send, fälld mir ei,
diea Feschd wern gfeierd, des muss sei!
Doa wird glotzd, ned gleggerd,
ned über d'Koschda gmeggerd.
S'beschd Essa kommd doa uff dr Disch
Ond soviel Wei bis bsoffa bisch.
Willsch des gar ned sei,
schenk dr weniger ei
oder hebd die Hand als Deggl uffs Glas
noa merkd mor: Der will ned was.
Ess z'erschd feschd,
des isch des Beschd,
des vorhenderd manchen Balla
ond dua duasch ned ommelalla.
Noa koaschs oifach meh vordraga.
Koi Kopfweh wird plaga.
Ond gib ned wiea a Bleder oa,
Mor schätzd meh den, der dichda koa
oder er spield dr Goschahobl so fei,
dass älle falled osre Lieadr ei.
Noach ond noach wern älle müad
Ond s'Zeid, dass mor hoimwärds ziead.
So a Feschd des denkd ons ganz lang noch
Ond dr Jubilar
Der lebe Hoch! Hoch!

Walterichskirche von Murrhardt
spiegelt sich im See.

Das Kloster Murrhardt war im Mittelalter das Zentrum der
Region.

14

Was duasch wenn koi Braud fendsch?

Zammahelfa beim Braud-Suacha

A bsondra Hauzich hoad a Veddr, dr Heiner, von meim Vadder gfeierd, a ruhicher, lieaber Moa. D'Hauzich war normal ond schee. Aber dui Vorgschichd ned:

Vielleichd war er a bissle zu scheu, dr Erbbauer, zu wenig zuapackend. I sag dr: Bisch zu druffgängerisch schreggsch diea liabe Mädla ab, bei de andre aber hoasch Erfolg, bisch aber zu zrückhaltend krieagsch koine von dene boide Sorda. Sell isch sonnaklar!

Dr sell jong Moa, grad no a bissle vorstefferd vom Krieag hoim komma, fended oifach koi Bäure für sein Hof ond alloi koa mor den ed schaffa. Welle zieagd scho uff so en a'glegana Hof? Guad, d'alde Eldern wared au no doa, was des ganze ned oifacher macha duad. Ledschlich sechd'r zur Muader:

Muadr suach mor a Weib!

Doch diea guad ald Frau kommd joa au ned grad weid romm. Was soll se au macha? Dr Bollingers Fritz, dr Vordreddr von dr Schmiere, Öl ond andre Sacha, wo mor uffem Hof hald aso brauchd, der kommd weid romm, mendschdens bis hendrd Berg, bis ens Wieslaufdal odr bis Oppelsboomm däd der komma. Dr sell isch dr rechd Braudwerber.

Fritz, sechd diea Guade, mei Jonger suachd endlich au a Weib. Ond mir welled Enkela seha. Woisch koina?

Der guggd a bissle schieaf, gratzd am Kopf ond moind:

Sell isch ned oifach. Woisch euer Aowesa isch a bissle weid vom Schuss ond au koi Guadshof ned.

Em Krieag wars guad bei os, d'Feind hens ned gfonda, sechd Klara.

15

Scho, aber die heidiche Mädla höred zu viel Radio ond hen Flausa em Kopf, moindr Fritz, aber i hör mi moal om.

Aber ob i so a Lärvle fend, woiß i ned.

Schee muaß se ned sei, antwortet die alte Bäurin. Kräfdich für Schdigger faif Kendr ond ned ziggich odr z'faul zom Angerscha vorropfa.

A bar Wocha dornoach brengd der Moa dui Bestellung ond ald Bäure guggd ehn oa.

Hoaschem oine? froagd se.

I woiß ned, moind dr Fritz, doa henda domma doba uff soma Oined-Hof geids a Irmale, dui isch schoa bissle überzeidich.

Fuffzich isch z'ald, wehrt die Bäurin ab.

D'Hälfd, lachd dr Ölvordreddr. Aber dei Jonger isch joa au nemme dr jengschd, der hoad joa durch dr Krieag au a bar Jährla vorlora.

Grad ond durch sei Schüchdernheid no meh, lacht die Mutter. Mei Gottlob ond i, mir hend ons doamoals uffem Kirbedanz kenna glernd, hend em Milchhäusle a bar Küssla dauschd ond send noa omschlonga zum kloina Wädle ganga.

I will dir no was schees zoiga, hoad der gsaid ond i ben hald mid, obwohl i scho gwissd han, was lanzd.

Du koasch dr Denga, was der mir zoigd hoad, aber s'war schau bassierd. Mei Gredle hoad sich oakündigd. Aber ob i dorhoim odr uffem Bauersberg diea Angerscha vorropff war mir wurschd. En lieaba Moa ond Kendr wared mir wichdicher.

Es wär hald no a Schwierigkeit dorbei, dui Irma welld ned d'Katz em Sack kaufa, sui will ehn zerschd seha, zledschd sei der schieach oder strohdomm.

Sell isch koi Problem, moind d ald Bäure. Ihr Jonger kennd joa sonndichs moal noafahra ond mid dem Mädle schwätza. Was krieagsch du für die Vormiddlung?

Sie hend sich uff a Grädda Wei ond en Läufer geinigd. Dofür hoad dr Heiner d'Adress von derra Irma grieagd ond isch von doa oa älle Sonndich amma Sechse mid seim Quickli uff Opplsboom gfahra ond ganz nuff en dui Oined. I woiß ned wiea ofd, aber mendschden zeah moal scho. Häddr mid dem Mädle g'schwätzd, wärs schnell ganga. Noi, der Daggl stoahd ans Hofdor, warded bis diea am Neine end Kirch ganga, sechd koi Wördle ond glotzd bloß.

Des Mädle häb ehm glei gfalla, ed gromm, ed buggelich ond mid ma scheena Busa. Er häb sich bloß ned draud.

Langsam isch Herbschd worra ond seller Irma isch des Ganze z'lang ganga. Wiea se wieder von dr Kirch hoimkomma send, bleibd se standa ond froagd, was er doa suacha däd.

Stotternd sechd dr Heiner: Bl, bl ,bl, bloß die!

Ond so wär dann älles noareganga, weil d'Irma gar ned vorschrogga war. Ond heid feired se Hochzeit.

Vom scheua Hochzeider

Früaleng wird's ond Bleamla blühed,
D'Vegl scho nach norda zieaged.
Warm gnuag ischs, denkd Heiner glei.
Heuer muaß mei Hauzich sei!

A Joahr han d'Irma i omschlicha
Ben ihr ned von dr Seida gwicha.
Mei Lieab isch au scho riesagroß.
Wiea froag i se bloß?

Am Sonndich sei onser großer Dag.
Etzed isch Zeid, dass i se frag,
ob se mi a bissle gern.
Sie sei doch mei Augastern!

Freidich isch, jetzd wirds hald Zeid.
Muadr machd scho Kuachadeig.
Ständich kommed Gschenkla oa,
dui Wandervas sei au scho doa.

Am Samschdich, klar, doa werd is waga,
ond des Mädle endlich fraga,
ob se mi den nemma will.
Sie lächeld so lieab. Doa ben i still.

Sonndich wird's. Wo isch mei Muad?
Oh Gott! Goahd älles wirklich guad?
S'leuded scho dui Kirchaglock
Ond I stand em Broadesrock.

18

Doa stoahd mei Braud vor oserm Haus,
en dr Hand en Bluamastrauß.
Komm raus zu mir! Dua di ned drugga!
Dua doch ned so ängschdlich gugga!

Wo viel Gäschd scho omma send.
Jetzd froag hald i, noa hoads a End:
Willsch du ned me Älles sei?
Noa nigg i oifach glei.

Bäslesdreffa
Des greschd Feschd ond viel luschdiger als a Leich

Etzed froaged se me bloß ned, was a Bäsle wär, noa hend se bloß koi hübschs ghed. Au meine Enkelkend moined, des sei doch a Cousine ond des machd mi draurich. Wo noa vorschwended bloß oser Schwäbisch? Guad, seid oinige Joahr mached mir „Bäslestreffa". Des hoad scho dui Generation von osre Müader oagfanga,weil se gmergd hen, dass se, ihre Vorwandte em Leba schnell aus de Auga vorliera.

Also hen diea Bäsla sich droffa ond quasi Kend ond Kegl midbroachd. Ond weil mir a fruchdbara Sippe send, send äwwl meh dorzua komma. Z'ledsch send mir beim Canz en Hessga em alda Saal, no mid Bühne für Dorffeschdla, mid 145 Noachkomma von osrer Urahna, dr Rosine Kaiser aus Feuerbach. Ond des wared no ned moal älle. Mit 85 ging sie nach über 40 Jahren wieder zum Arzt

Beim Doggdr

Arzt: Ha so äbbes, Frau Kaiser! Lebed siea au no?
Zugegeben, das ist eine seltsame Begrüßung eines Arztes für eine 85-jährige Patientin. Aber sui war hald niea ned bei ehm, vierzg Joahr lang.
Urgr: Mir hoad niea nix gfehld, noa gang i doch ed zum Doggdr.
Arzt: Aber heud send se komma.
Urgr.: Ha, weil mir heud morga beim Uffstanda so auselich gwä isch ond gerschd au.

No sechd mei Dochdr: Etzed goahsch hald endlich moal noa ond läsch dr was vorschreiba. Ond deshalb ben i doa, wägama Tableddle, dass es mir mid oasde feifadachzg nemme so omme wird.

Arzt: Siea send joa no erstaunlich mondr, Frau Kaiser ond hen viele Joahr ohne Arznei gelebt. Da vorschreib i ehne koi Tabledd, des brengd bloß ihr System durchanandr. I gäb ehne en Rat.

Urgr.: So ganz ohne Tabledda?

Arzt: Besser isch, siea klopfed voram Uffstanda an ihr Holzvorschalung am Bett.

Urgr.: (erschrocken) Woher wissed siea, dass i oine an meim Bed han?

Arzt: Bei meim Bsuach vor 40 Joahr hen se no oine ghed. Hen se diea scho weggmachd?

Urgr.: Nadürlich ned!

Arzt: Also siea klpfed noa ond ihr Dochder soll ehne en starka Kaffee ans Bett brenga, aber koin so en Mugga-fugg! Den drenged se ond wardad noa bissle middem Uffstanda. Ond zum Veschber, amma neine, drenged se a Gläsle Trollenger ond ehne wird's nemme omme.

Der Arzt hatte recht und so konnte sie sich noch über zehn Jahre um ihre Hasen kümmern. No heid denk i an des helle Hasabrädle mid handgschabde Spätzla und dem Grommbiearasalad mid Endivieschdroifa drenn. S'Wassr läufd mir no emmr em Mund zamma.

Wie die Famile *zammaghalda* hoad, trafen wir uns an den Geburtstagen der Urgroßmutter

Von dene silberne Vegl

Zur Erinnerung an mei Urahna ond's alde Leba

Ihr Geburdsdag ond weil se joa bogglald worra isch, hend mir viele gfeierd, war absonders Feschd, des mir en drei Stuba en drei Aldersstuafa gfeiert hen:

En dor Urahna Rosa ihrer Stuba, middladrenn dor Disch mid derra Schublad, wo d'Bibl uff Schlag Fenfe gward hoad, näberm Breddle ond dem Äpfelmesser zom Schnitzla macha aus de fauliche Äpfl. Doa send ihre Kender gsessa, lauder Mädla, doamoals scho ande sechzich Joahres ald. Dor oizich gotzich Stammhalder, dor Otto, sei em erschda Kriag omkomma. Dande Helene därf i ned vorgessa, dui sell war dui Vorlobd von sellem doda Bua ond sui hoad faschd a Leba lang uff den gward. Als Gschenklesdande war se bei ons kloine Kender sehr beliebd. En dr middlera Stuba send onsere Eldera ond ihre Bäsla ghoggd, also diea a Kender von dr erschda Stuba. Mir wared diea Kendskendr von dr Rosa ond send uff dr Glasvoranda henda gsessa. Hend viel Spaß ghed, weil au hübsche Bäsla, von a bissle weidr weg, doa wared, diea mor faschd gar ed kennd hend.

Zerschd hoads viele Kuacha gä ond am Oabend russische Oier. Gessa hoad mor gern ond viel, weil mor dorhoim ned emmr so guads Essa grieagd hoad ond diea mager Noachkrieagszeit isch oim no em Maga glega. Doamoals hoad mir a Danda, weil i so a Schlanggangeler war, bloß Haud ond Knocha, was mir heud kioner meh oaseha duad, also schieabd die Guade mir ned Stügger sechs sodde Oier uffs Deller ond sechd: Noa bisch uad sadd. Des war i! Babsadd ond des faschd a Woch.

22

Diea Oier lieged mir overdaud a Woche em Maga ond i wär beinoah zum Doggdr ganga, dass der se endfernd.

Des wared übrigens die ledschd sodde Oier, bis heud Fuffzich Joahr späder!

Irgendwann am Oabend kommed se uf d'neu Zeid zom Sprecha ond uff selle silberne Vegel, diea wo ganz weid oba quer über dr Hemml von Feuerbach flieaged ond d'Urgroß-muader mid oasde neinzich froagd mein Vaddr:

Du Oddo, i han gherd, dass diea kloine Brommer en Echderdenga landa däded.

Sell isch normal, sechd mei Vaddr, doa isch oser Flughafa.

Also stemmd des. Aber doa däded an de honderd Leid nei bassa, sechd se, des koa i ned glauba.

Mei Vaddr, doamoals dr oizich Moa mid ma Audo, hoad doa nemme anders kenna ond vorgschlaga:

Noa fahred mir näxda Sonndich nuff uff d'Fildera. Noa koasch ois oagugga.

Kurz vor de Zwelfe isch se en ihr Schloafstub ganga ond middam Nachhemmed ond ihrer Schloafhaub mid Gloggaschlag Zwelfe wieder rauskomma.

Etzed isch mei Geburdsdag gotseidank vorbei. Älle gean etzd hoim ond dr ledschd, wo em Zemmr isch, machd dor Radio aus, damit diea Sprecher au ens Bed kenned.

Am näxda Sonndich gings los. Des war a groß Ereignis en dr Ahna ihrm Leba. Scho am Samschdich hoad mor d'Badwanna ausem Kellr en d'Küch draga, weil doa dr grauß Herd middam Schiff war. (Im Schiff, einem Wasserbehälter, wurde das Badwasser in kleinen Mengen erhitzt und dann in die Badewanne gegossen. Da es sich ständig abkühlte, benötigte man zuletzt wenig kaltes Wasser, um es handwarm zu machen) Noa hoad Ahna ond ihr Dochder, mei lieaba Oma, bad. So dreckich koa i ed ausem Haus, war ihr Grund,

Wer woiß was ons ondrwegs zuastoßa duad. Sogar ihr Neschd hoad se göffend ond diea Hoar gwäscha, obwohl se eigendlich erschd näxda Samschdich droa gwä wäred. En dem wedvolla lauwarma Wasser, no mid ois odr zwoi Schiff uffgwärmd, hoad dann diea ganz Familie no bad. Zledschd d'Kender. Ond dr Sage noach sei druff des Badwasser so dick gwä, dass mors ausem Feaschdr hoad gmissa ons s'häb em Hof ghopfd, grad wiea a Gummibebbl.

Noach dr Kirch am Sonndich wärs losganga, aber d'Ahna hoad ihrn frischa Schurz ned gfonda, den se geschdern scho noagrichded hoad. Schließlich häds nemme glangd, wenn se ned von ihrer Dochder häd en Schurz ausglieha, boide hen d'gleich Statur. Mit ma dreggicha Schurz gang i ned doa noa, diea moined joa i wär a Dreggsau.
Noachra langa Discussion, ob Hüadle odr Kopfduach Isch mor losgfahra. En Echderdenga war grad Besichtigung von sora Superkonstellation möglich.
Wiea d'Urahna mid ihrem Kopfduach dui „Gangway" nuff komma isch, häb sich dr Pilot vor lauder Lacha setza müssa. Onsere Urahna Rosa hoad älles gnau oaguggd ond diea Sitz zählt. Sui isch aber bloß uff Stigger achdaneinzich komma. I sag doch hondert gean doa ned nei, lachd se!
Hondetdrei, sechd dr Pilod. Ha woher denn? Wo solled diea denn hogga? lachd se. Em Cokpit wärn fünf Sitze. Ond ohne Pilot könnd neamerd flieaga.
Komm Otto mir fahred hoim. Jetzed han i des au no gsäha. Jetzed koa i sterba. No sechs Joahr hoad se glebd, ihre Hasa vorsorgd ond no ois: Dr beschd Hasabroda, wo i kenn, gmachd mid ganz denne handgschabde Spätzla. Ond en Äbirasalad mid Endivia drenn drenn, der hoad gschwätzd, so guad war der.

Marbach, an der Alexanderkirche

Ein Brauchvers für Geburtstage:

Geburdsdagsfeschd

Heud feierd d……….. ihr groß Feschd.
Siea erwarded viele Gäschd.
Dor Wie stoahd kald, diea Speisa warm.
Zom Glück isch se joa ned grad arm.
Bei soma Fesch lässd sich diea Guad ned lompa,
doa geids fürd Mannsleid sogar en Stomba
ond für d'Weiberleid Kaffee ond Kuacha.
So en guada koasch lang suacha!

Zum Essa hoad se ghobeld Meerreddich fei,
a bar Epflschnitz müaßed au drennei.
Äebirasalad gibds, Spätzla, Broada mid Soß.
Doa isch bei jedem dr Honger groß.

A guads Vierdale vom Forschdberg g'herd au dorzua.
Dornoach gean d'Mannsleid endlich a Ruah.
A jedr krieagd Schloaf nachama soddana Essa.
Ach hädded se bloß ihrn Sofa ned vorgessa.

Zum Glück, des muaß i wirklich saga,
isch ned äll Däg a Feschd, mor könnds ned ertraga.
Am Schluss dean se onsre Liedr senga
Ond lassed ihre Gläser klenga:
Dui…… soll leba dreimoal hoch!
A sodds Feschd denkd ons lange noch.

Vom Güadle

Unser „Familiengut"

Wer als Schwabe einen großen Bauernhof hat, der hat
ein „Gut", wer bloß a ganz klois Stückle Land hoad, der
hoad a „Güdle". Mei Oma hoad a Güdle ked, des war
ihr wichdich, an dem isch se ghängd.

Hanns, ruafd diea guad Frau amma Werdich oa,
Hanns, s'isch Herbschd.
Des woiß i Oma, des siech i an de Beem.
D'Äpfl ond Biera send reif, kennsch ned mor komma
ond se ra doa?
Ach Oma, mir schreibed morga a Arbeid em Gymi a
ond i sodd no a bissle lerna.
Grad wega dem ruaf i di oa. Deine Veddr schaffed.

Man bemerkt, dass das schulische Lernen nicht so
hoch im Kurs stand. Irgendwie hat sie so lang
tribulierd, bis ich mich breitschlagen ließ und mit der
nächsten *Strambe* (Straßenbahn) Linie 13 nach Feuerbach
fuhr. Sie stand schon mid Schurz und Kopftuch
verkleidet bei ihren Loidrwägale em Hof.
Hinten an der Stange hing eine Sichel, daneben lag
ein Sack für Löwenzahn, den sie unterwegs schneiden
wollte. Die Hasen unter der Veranda sollten auch
etwas von unserer Fahrt haben.
*Wenn i mid dr Sichl an dui Stanga klopf, häldsch
gschwend oa bis i den Lewazoah eigsammld han.*
Peinlich war das schon, vor allem, wenn mir eine
junge Feuerbacherin begegnete, die ich hübsch fand und
von der Kirbe oder vom *Danza* kannte. I ond so a alda

Frau ond au no mid ma Leidrwägale... schlemm! Wer koa
doa bei so jonge Dama Eidruck macha?
Endlich hatten wir das Güdle erreicht und als das Tor
middem Madaschlössle geöffnet ist, strebe ich dem
schönsten Apfelbaum zu, nehme einen goldgelben,
wunderschönen Apfel und möchte gerade hineinbeißen,
als ich Omas Stimme höre: *Hald Hanns! Der wird ned so*
gierig gessa, der isch z'schee, der kommt en Keller na.
Ach Oma, jammere ich, *was soll dann i essa?*
Komm du bisch doch no jong. Do onda lieged doch
gnuag romm.
Ach Oma, diea hend doch a Magga odr a Moasa
vom Rahagla.
Hoasch koine Zähn zom Ausbeißa? I han diea meine
ned dorbei, aber du.
Tatsächlich schonte sie ihre Zähne fast den ganzen Tag.
Sie lagen im Wasserglas *uffem Fenschdersems em Bad.*
Nach ihrem Tod lagen da noch immer die 2 engen,
küstlichen Zahnreihen *ond wared no pfennich guad.*
Ond koiner hoad se meh braucha kenna, weil
neamerd so en enga Biss ghed hoad.

D'Äpflvorwaldung

Und d'Oma sah es als ihre Aufgabe an, als Älteste der Familie, die mühsam gebrochenen Äpfl zu verwalten, d.h. *se ned vorkomma lassa, des werdvoll Obsd, ned vorschludera, ned vorgeuden ond se so omme z'beiga, dass diea heniche äwwl gessa wärn, ond ned diea guade oaschdeggad. Mir essad se sparsam ond emmr diea heniche zerschd. Noa hoad mor lang droa.*
Im Apfelkeller, nur halb in der Erde, ned *z'drogga ond au ne z'feichd,* standen Regale für unsere Äpfel.
Je nach Fäulniszustand wurden sie auf die Hurden verteilt:
– ganz lenks die dreivierdels heniche
– dornäba diea halbheniche
– doa dornäba diea vierdeldheniche
– ond ganz z'ledschd, ganz rechds, die weniche, werdvolle
   Guade ohne Odädale.
Ein Hauptprinzip des richtigen „Abessens" der Vorräte war: *Mir fanged bei de faschd ganz henicha oa, damid diea ned vorher no vorfaula dean.*
Als wir etwas 14 Tage später diese Gruppe endlich gegessen hatten, *wared inzwischen leider auch diea halbheniche dreivierdels he.* Wir schnitten aus und aßen da weiter, um weiter 14 Tage später zu bemerken, dass die Fäulnis mit ihrer Arbeit nicht gerade wartet, bis wir endlich zum Aufessen bereit sind.
Diea vierdls heniche wared etzed fasch nom.

Das Problem unseres Vorgehens war:
Mir hend uff diea Weis s'ganz Joahr heniche Äpfl gessa, weil mir mid dem Essa ned schnell gnuag vorwärds komma send.

29

Zuletzt, etwa im April, waren zwei Hurden wunderbarer Brettacher übrig geblieben.

Wiea i mi scho gfreid han, beiß i glei en oin nei ond der schmeggd ganz biddr.

I gugg des Kernhaus oa ond faschd älle wared von enna raus vorfauld. Ned moal zum Äpflbrei hen se meh daugd. Oma hilft sie in den Schubkarren zu laden.

Diea gään en guada Komposchd, moind se. Pfeifadeggl. Diea Würm, die man zur Kompostierung benötigt, *send von dem Reschdalkohol en dene fauliche Stella so bsoffa worra, dass sie diea Menge ned vorschaffd hend.*

Heute noch bilden diese Apfelreste, der Apfelvorrat von zwei Wochen, ein Sumpfgebiet in dieser Ecke des Gartens.

Was man daraus lernen sollte: *Hädded mir diea dreivierdelsheniche Epfl glei weggschmissa ond diea halbheniche au ond hädde glei mid de guade oagfanga, noa hädda mir kaum meh Abfall ghed ond ned meh weggschmissa. Ond des Beschd wär gwä: Mir hädded so s'ganz Joahr scheene Epfl gessa. Bhäb sei hilfd doa nix!*

Fazit: *Ess emmr zerschd diea Scheene bevor se au nomm geahn ond schmeiß notfalls die Heniche weg.*

Em Vaddr sei Muadr ond ihre Leid

Die andere Seite der Verwandtschaft waren die Remstäler:
*Schuaschdr, Fuhrondernehmer, zeierschd mid Bulldog
ond Hänger ond dann mid ma Laschdr, aber diea meschde
wared Baura, bessr Wengerder, a ganz bsondra Rass.
Willsch se kenna lerna, goahsch moal uff dr Bauersberg
hoch über Geradschdeda, doa driffsch no heind ihre
Abkemmleng. Früher wared älle doa oba wedde von os,
heind koasch au andre dreffa.
Gugg hald, wer schaffd, des send osre Leid.*

Vom Ziefr

Das Ende vieler Geburtstage zu Hause war der Aufbruch der
Onkel: *Mir missed hoim des Ziefer füadern.* Das waren die
Nutztiere, die gehegt und gepflegt wurden: *Küah, Henna,
d'Säu, Goisa, Katza ond sodde.*
Älle andre Viechr wared O'ziefer, das mit allen Mitteln
bekämpft werden musste, *diea wo koin Nutza brenga dean:
D'Meis, d'Radda, d'Leis, d'Fleh, d'Schbenna
oder au d'Schnägga, doch diea au, weil mir Schwoba bloß
des ässa dean, wo m'r kenna. Au d'Schnägga kenna mir
so ed,* die kennen nur die Franzosen, deshalb gehören sie für
uns zum Ungeziefer, *zom O'ziefer äba.*
Doch da fällt mir mein Freund ein, der nannte seine Freundin
sei Schnäggle. Das passt nun wirklich nicht dazu, denn er
meinte: *Mei Schnäggle han i zom Fressa gern!* Und das
bei fast *zwei Zendner Läbendgwicht. Für d'r Karle gherd
äba dui, sei Bärbele, zom Ziefer.* Eben das Geziefer musste

31

der Bauer füttern und im Falle der Bärbel wurde eben etwas zu stark gefüttert. Bei solch kurzen warmen Wintern überlebt das Ungeziefer und musste mit der chemischen Keule vernichtet werden *ond des koschd. Woisch, Karle, wiea i ledschhin en China war, merk i, dass d'Chinesa doa a bessera Lösung hen: Diea dean älles Oziefer, Käfer, d'Wirm, oifach älles paniera, broda ond uffessa. Des isch a viel billigere Ard zom Vornichda ond dorbei wirsch au no sadd.*

A gfährlicha Fuhr

D'Kelder stoahd en Geradschdeda a bissle onderhalb von dr Kirch. Selle war em Herbschd des Ziel für älle schwer beladane Traubawäga, au fir diea vom Hof oba.
Sie gesund zu erreichen, war mit den schweren Wagen bei dem großen Gefälle, *dr Ruafaberg na, a Uffgab, bei dem boide Küah ond die ganz Familie beteiligd war.*

Vornadauß
mei Onkel Klaus
mid dr Beidsch fir seine Küah,
doch benutzd hoad der diea niea.
Weil grad, wiea sei Weib Ottilie,
ghern sei Küah au zur Familie.
Diea laufed ganz ruhig grad fürbass,
denn zu schnell wär gar koin Spaß.
Henda bei dr Migg
hogd sei Weib beim steila Stigg
Ond wenn mei Onkel bloß duad nigga,
duad Karlena eifrich migga.
Vor Joahres feif, dr Fesabeck

32

krieagd beim Bremsa en gwaldiger Schreck.
Am Driebl duad was ed stemma.
Dui Migga duad so klemma.
Sei Waga war scho viel zu schnell,
middla em Buggl an dr steila Stell.
So brems hald endlich, des muaß no glicka,
du bleda alda Migga.
Noa ischr ganz flach an dr Mauer kläbd,
i woiß aber, er häbs überläbd.

Doch, das Bauernleben war damals oft gefährlich, *bsonders
bei Radoa von de Kirscha. Mir laufed grad uffem Weg nuff
zum Bauersberg. Doa wos diea greschde alde Kirschabeem
hoad.* Vor uns ein Baum mit der typisch hohen Holzleiter,
die es heute auch aus Sicherheitsgründen, nicht mehr gibt.
Oder waren es gar zwei, einfach zusammengebunden? Ein
Knacken, Brechen und ein dumpfer Schlag schreckt uns auf.
Ich schaue zu der Stelle und sehe meinen Onkel, *der sich
grad uffrabbld.* Er schüttelt sich, putzt Stau und Blätter von
den Kleidern und meint:
*Grüaß Gott Hanns, was machsch du uffem Bauersberg?
Grüaß Gott, Onkel Fritz, wo kommschen du her?
Von oba, sechd der.*
Ich schaue ungläubig in das Blättergewirr hinauf und er
ergänzt: *Guad, dass onsre Ahna, die grauße Beem uff dor
Roi,* also auf den Hang, *gsetzd hend. Wenn aus feif Meder
uff d'Ebena nahagelsch kendsch dor was doa odr gar he
sei. Wenn abr uffem Roi ronder kommsch, noa kugelsch
hald dr Berg nonder, des bremst de ond wenn Pech hoasch
schlägsch dor hald d'Ribba an dr näxda Boom oa. Wiea
grad i!*

33

Dann gibt er uns die Hand und schenkt uns *ausama Grädla a bar Kirscha.*

Sträles, a ganz alda Sorda, sechdr, diea muasch amoal probiera.

Und wie steht es mit den Würmern? fragt meine Enkeltochter.

Wen hoaschen do drbei, dui sprichd joa? Ond a ganz gnaua isch des au!

Des isch mei greischds Enkele, d'Alma, ond dui sell isch Vegetarierin, moin i.

Ach doher kommds! Mädle, wenn da a guada Kirscha hoasch, ned lang denga, oifach schlugga ond i wedd, den Wurm mergsch gar ned. Der hoad sich sei kurz Läba lang bloß Kirscha gfressa ond schmeggd grad so, lachdr, dr gnitz Bauer.

Aber a reachds Schwoabamädle bisch scho. Du muasch hald moal zu ons komma zom Angerscha vorropfa. Mir lerned dir näbaher au Schwäbisch.

Zur Erklärung muss ich noch sagen, dass es in meiner großen Remstäler Verwandtschaft, *mei Urahna hoad sieba Buaba ond Stigger vier Mädla uff d'Weld broachd, ond des geid, i woiß ned wiea viele Noachkomma,* also diese Sippe meine ich: Von denen gab es niemand, der *ned scho moal vomma alda, brüchiga Kirschboom raghageld isch.* Aber weil se schon als Kind *des Kurgla glernd hend, hend se älles überlebd.*

Mor siehd sichäba sonschd bloß uff dr Leich!
Nadürlich gherd sich, dass mor kommd.
Doa zeigd mor, dass mor zammagherd.

A scheena Leich

Älle standed em Broadesrock
om des Grab ond no em Schock.
Du guggsch en diea Gsichder,
siehsch d'Ähnlichkeit glei.
Des isch doch dei Veddr, des musser doch sei.
So lernsch schnell wieder älle kenna,
manche dean hendrem Sackdüachle flenna.
Die Jonge kennsch ned, send ed lang gebora.
Des muaß Guschds Enkel sei mid de Segelohra.
D'Kender ond Kegel,
von manche woiß mor nix gnau,
dorzua kommd dr Guschd samd seiner Frau,
au wemmr froh send, wenn d'sell wieder ford,
sell isch d'greschd Schwätzbas vom ganza Ord.
Was dui erfährt, zieagd se durch ihr Goscha,
bis älles gnuag isch abgedroscha
ond aus jedem Müggle a Elefand
fürs Uffbauscha isch dui bekannd.
I han joa au Freind ond ben so froh,
woisch, d'Freind koasch aussucha,
d'Famile kriegsch so.
S'End vom Liead isch dr Leichaschmaus,
dornoachh goad jeder dreschded nach Haus.

D`Müadr

Au ema reachda Dorf häld mor zamma.
Müadera dean zamma ihre Kenderwägala schieaba, noa koa
mor a bissle badscha ond diea neue Problem besprecha. Oft
send diea jonge Fraua au zamma en dr Schual gwä, noa koa
mor sich viel vorzähla.
Liebe Männer höred doa niea zua, älle kommed durch
d'Mangl, des deprimiert.
Ond diea Babies ganged später midnander en Kendergarda
ond dann au end Schual. Ond globd wird a jedes ond ned
emmer ganz uffrichdich.

Meis isch s'Schenschd

Was isch des für a hübschs Kend,
hörd mor d'Müadera saga.
Des moin i ned,
dem fehld zum Kopf dr Kraga.
Ond was i au no fend:
Hoads X-Füaß gar am End?
Grad wiea sei Muader quaddeds doher.
Für oasde feif ischs viel zu schwer.
Siehd aus wiea sei Mudder, doch des duad weh,
denn derra ihr Gsichd war no niea ned schee.
Mir hoffed, dass es duad ned Vaddrs Kopf bekomma,
der isch nia überd Grondschual naus komma.
Doch isch des hald a neddr Moa
Mid dem mor **zamma was oafanga koa.**

36

Wiea dui Fremde no näher bei ons war

Waren wir früher immer unter uns? Nie! Früher fing die Fremde schon im Nachbardorf an. So gab es zwischen Nachbardörfen unter der Jugend oft kleine Fehden, vor allem, wenn ein Paar sich über die Grenze gefunden hatte.

„Stell dor vor", meint der Georg ganz aufgeregt, *„s'Fleischers Bärbale goahd middem Fritz vom Beilschdemer Schuaschder!"*

„Ha, was du ned sechsch!", meint sein Freund, der sich auch Hoffnungen gemacht hatte, *„dorbei siehd diea doch zom Oabeißa aus, die wiggld doch jeden ommen Fenger."*

„I woiß au ned, was se an dem Schlangageler fended, koi Muskla ond em Kopf bloß Stroh!" antwortet Georg, auch nicht unbedingt der Hellste.

„Woisch was, wemmor den vordwisched, dean morn vorbomba!" schlägt der Freund vor.

Oft wurde so ein Vorhaben irgendwann bei der nächsten Kirbe durchgeführt. Nur hat des *Vorbomba* noch nie ein Paar auseinander gebracht. Das notwendige Verbinden brachte sie eher näher.

Mit der Motorisierung, dem eigenen Motorrad rückte das Fremde immer weiter weg. Zuerst etwa auf 30 bis 40 Kilometer, *i sag, so weid wiea a Quickli gloffa isch.* Mit dem Kriegsende und dem eigenen Auto lag die Fremde schon jenseits des Meeres. Bald kamen Italiener, Spanier und Griechen als Gastarbeiter und unsere Jugend kam *middam Vorbomba nemme noach.* Auch die Grenzen sind heute weg.

Wer kennt keinen Italiener, Spanier, Franzosen?
Von anderen Menschen haben wir Schwaben immer das
Gute übernommen und das Schlechte vergessen. Wer
genau schaut, der findet ihre Spuren. Was haben sie uns
nicht alles gebracht? Wir hätten keinen Wein, weniger
Straßen, keine riesigen Dome oder Brücken. Warum haben
wir so ein vielfältiges Essen? *Mir wohned middla en
Europa. Fremde wared scho emmr bei ons ond wared
willkomma, weil se a Bereicherung
oder au frisches Bluad wared.*

A fremds Weib

Dor Karle, mein Freind, ihr kenned'n au,
suchd sei Lebadag scho nachra Frau.
Der isch ed schläggich, dofir a bissle scheu.
Fänd der oine, der bleibd der au treu.
Der isch ned vorarmd,
des sieschem ned oa,
der häld nix vom Protza, der gibd ed gern oa.

Kommd der zum Deid middem alda VW,
noa sechdr:
Der wo des ned gfälld, die sell will i ned seh.
So denkd a jede, den arma Moa
gugg i mir scho glei gar ned oa.

Däded se middam schwätza, no däded se merga,
mei Kumpel dr Rudi hoad au seine Stärka:
Vorlässlich isch der, oifach ehrlich ond gradaus

38

Ond dorhoim hoadr en Garda mid Haus
Ond Zaschder uffem Konto, dass i den beneid,
doch zum Weiber oamacha fehldem dor Schneid.

Etzed will er sich a Braud kaufa,
von de Pola, diea hend dord en Haufa.
Em Katalog hoadder oine bestellt,
en de richdiche Maße, wie se ihm hald gfälld.
Kommd ned staddra jonga a ganz alde Frau.
A sodde will der ned, des woiß i au.
Er schickd se glei postwendend zurück
Ond sechd:
Schick mir dei Dochder, dui häd meh Glück.
Seiddem ischd Ludmilla sei Freid ond sei Stolz,
a fremds Mädle, aber aus reachdem Holz.
Er head nix gega Fremde, diea müssed bloß bassa,
so koa dor Rudi sei Glück kaum fassa.
Vorstanda duad er koi Wördle no ned,
dofir hen se sonschd Spaß,
bonders em Bedd.
Ond lieba dean se sich arg.
Nach dem Motto: Zamma semmer stark!

Zamma semmr stark!

En Schwoab den gibds gar ned alloi,
denn meischdens send des emmr zwoi.
Zerschd kommd dor Moa,
doch en seim Schadda
folgd dem sei Weib,
des koasch erwarda.
Vorsorgd diea Kender, herrschd em Haus.
ihr Moa guggd doa bloß kleilaud raus.
Grad übern Hof, em Häusle mid Garda
doa woahnd diea Oma ond duad scho warda,
das d'Enkel welled uff ihren Schoß.
Mid so viel Lieabe werded diea groß.
Des isch Familie au en onsrer Zeid,
denn bloß mid dem Rückhald,
doa kommsch weid!
Mor hilfd sich, stoahd füranander ei,
zamma semmr stark, so muss des sei.

Wer jetzt meint, das wäre veraltet, dem sage ich: Das ist das Grundmodell, das viele Generationen funktioniert hat, damit wurden Kriege und Hunger überstanden. Wir Württemberger, eine gesunde Mischung aus Schwaben, Allemanen, Franken, Geflüchteten, Vertriebenen und Nachbarn aus vielen Nationen haben es zusammen bis zum heutigen Tag wirklich weit gebrachd.
Verschiedenheit ergänzt sich und bringt auf höherem Niveau etwas Neues zusammen.

Es lebe unsere Familie!

Säugling ond Kender, jonge Leid, alde Leid,
schaffiche Leid ond sodde, wo nemme kenned.
Mir halded zamma.
Mir brauched anander!
Freind ond au Vorwandtschaft, älle zamma,
des isch die Grupp en der mir leba dean.
Lebd die Gruppe guad, goahds au ons guad.
Dean anander helfa ond euch onderstütza,
nemmed euch Zeid zom Zammahogga,
zom Schwätza ond zom Zuhöra.
Dean au moal gruaba ond au moal zamma feira.
Gugged bei de Fremde ab, was dia besser kenned.
Em Schaffa send mir Weldmeischder,
em Feira on dem Ausgruaba kenned mir no was
dorzua lerna. Oder ned? Bloß wer sich ned vorrer
z'dod gschaffd hoad, koa am Oabend no feira. Bloß
wer den Ausgleich kennd, koa lang ond guad leba.
Noa leba mir guad! Guggd' wieas andre macha dean,
des Guade übernemma ond des Schlechde lassa.
Es gild emmr:
Zamma semmr stark!

Vo de Glischda
Vom Essa mid de Enkel

Wieder schaut meine Frau auf die Essensreste in den Tellern der Enkelkinder. *I gugg, wiease guggd ond au, wo na se gugga duad ond sag: Bei os dohoim hoads niea koi so a Problem gäbba.* Han i moal hoch bissa, so sagte man, wenn einem das Essen nicht geschmeckt hatte, *noa hoad mei Muadr bloß ganz streng guggd ond vor Angschd han i dann wieder wieder gleffeld.* Nebenbei sagte sie: B*ei ons wird gessa, was uffen Disch kommd.* Bei den vielen Kindern in den Familien war dies auch die einzige vernünftige Möglichkeit. *Oiner häd emmr was ned gmegd, grad wiea i Kohlräbla.*

Meine Mutter schöpfte mir dann freundlicherweise immer nur wenige Kohlrabistäbchen in den Teller, da sie meine Abneigung kannte. *Diea han i aber ratzrbutza, äba* (vollständig) *essa müssa. Moagsch ned no meh?* fragte sie mich dann immer und ich antwortete: *Noi, i ben so satt.*

Einmal, *i erinner mi no droa, wiea wenns heid gwä wär,* war meine Oma aus Feuerbach bei uns zu Besuch im Remstal. Die Durchsuchung der im Keller gelagerten eigenen Äpfel nach fauligen machte sie immer schon beim Kommen. Wie immer fand sie Angefaulte, *hoad ihr alds Mändale am Rand hochgschlaga ond so glei ausem Keller diea oagfaulde Epfl mid hoch broachd. Noa hoad se Reisbrei mid Epflbrei, mei Leibspeis, als Noachdisch kochd ond mir vor d'Noas gchdelld.*

Natürlich schöpfte ich da gleich einen Teller voll ein. Meine Mutter meinte: *Vorher warsch doch no so sadd. Ach Mama, han i gsagdi, des doa ess i doch ned wägam Honger, sondern bloß wäga de Glischda.*

Sie glauben nicht, wo heute unsere jungen Eltern mit ihren Sprösslingen hinreisen, die dann keinen Schimmer haben, wo sie im Urlaub waren.

Schee dohoim!

Ach Papa, warum fahred mir en dr Schwarzwald? Weils dord schee isch! erklärte ein Freund seinem kleinen Sohn, der völlig enttäuscht war. *Was kann i dann en dr Schual vorzähla? Dr Lukas fliegt auf Bananas.* Bahamas muss das heißen, das sind Inseln, verbessert der Vater. Der Junge, Paul, jammert:
Der flieagd a bar Stond ond mir? Mir fahred ganz gemüadlich zwoi Stond ond brauched ned middla en dr Nachd no zwoi Stond en Echderdenga uffem Flughafa oastanda. Bei schönstem Wetter, *des isch joa zur Zeid bei ons ned selda,* und mit eigenem Gesang, vierstimmig „Es steht eine Mühle im Schwarzwälder Tal", *mach des moal em Flugzeug,* kam die Familie bei dem kleinen Hotel an. Es gab gleich *hurra! Spätzla mid Soß ond für dr Vaddr Sauerbroada. Gugg Paul,* meinte der Vater, *doa koasch glei zualanga ond muasch ned erschd a halba Stond em Essa romgruschdla, weil ned woisch was des sei soll.* Nach einem ganz *kurza Middagsschläfle,* Paul und seine Schwester Lisa spielten so lange Tischfußball im Keller und Lisa gewann. Ob es eine Ausrede war, als Paul etwas enttäuscht meinte: *I han de bloß gwenna lassa, damid wieder mitspielst.* Da kamen auch schon die Eltern und der Papa mit Schnur, Draht, Taschenmesser und kleinen Holzplättchen. Mamma hatte für alle Gummistiefel dabei. *Woisch Hanns,* erzählte

mir mein Freund, *mor muaß sich heid uff so en Erlebnis-urlaub vorbereida. I war vorher scho dord ond han en kloina Bach entdeckt.* Eben der Bach mit klarem Wasser, Sand und großen und kleinen Kieselsteinen war das Erlebnis. Nach zwei Stunden stand der Staudamm und sie bastelten an einem Wasserrad. *I han gar ned gwissd, dass du des kannsch,* lobte die Mutter.

Die Tochter baute mit Moos einen Garten daneben. *Machdes moal uff de Bahamas, en derra Hitz ond ohne Bach.* Das Wichtigste aber war: Papa und Mama hatten mal Zeit, dann kann der Urlaub sogar zu Hause sein.

So isch au a Urlaub dohoim prima!

Älles Droa!

Opa steht vor der Wiege und schaut sein jüngstes Enkelkind an.

So kloi! Gugg moal diea Fengerla oa ond gar diea Füaß! Oma ond älles droa!

Vorsichtig berührt er so eine kleine Hand, diese schnappt sofort zu und hält den riesigen Finger fest.

Dankbar betrachtet er dieses kleine Geschöpf und seine Tochter und meint: *Mädle, müssed mir ed danka für den Schutz ond für älles, bis heud!*

Oma, Opa ond ihr Mädle hebed sich feschd ond gugged des Kloine oa. Des Pfädscherle lachd. Gugg, sechd Oma, des kend ons scho!

Marbach, Schiller's Geburtshaus
Doa war dr Schiller a Baby

Des Babi

Was isch des für a wenzichs Kend
mid seinem ronda Gsichd?
Aus dem wird moal a Schwoab am End,
doch jetzd, doa merksch des nicht.
A jeder guggd en Waga nei ond lachd,
duad middem schwätza,
ond zwiggds end dicke Backa nei,
des duad des gar ned schätza.

Noa sechd dr Neigugger:
Wo isch denn bloß mei Butzele,
mei klois mei Deideidei?
Noa denkd des Babi
I lieg doch romm, siehsch du mi ned,
so blend koasch gar ned sei!

Mor merkd so a klois Schwoabakend
isch oiga scho gebora.
Hoad Angschd vor große bäbbiche Händ
ond fühld sich ganz vorlora
ond mach deswega glei a Gschrei
Vorbei ischs middem Dei-dei-dei!

Noa guggd sich diea drei oa
ond älle drei uff des kloi Menschkend.
Ond en dem Blick isch a Vorsprecha:
Mir send für die doa, so lang bis groß bisch
Ond dornoach!

Zamma helfa ischs bei ons üblich.

Opa und Oma sitzen gemütlich beim Frühstück.
Am früha Morga
Vom Dorf onda schelld Kirchaglock ond

Oma sechd: Siebane!...I glaub mir standed ehnder uff,
wiea wod no Lehrer warsch.
Opa: Wemmer hald nemme schloafa koa!...
     Gugg moal wieas Wedder so schee isch
     Noa hemmr en scheena langa Dag.
     Oh, hör moal!
     (von hinten klingelt das Telefon)
Opa: Gang hald scho noa!
Oma: Emmr i! (geht zum Telefon und man hört sie
     reden) Ach, du bischs!.. Was?.. Oh, des arm
     Mädle!.. Wieaviel hoad se? 38 ... des goad joa no!
     Ond etzed?
Opa: Was isch?
Oma: S'Mädle isch krank.
Opa: Des han i midkrieagd. Aber 38. Sell ich doch koi
     Fieaber.
Oma: Sui froagd, ob se wohl zom Dokter müssa däd?
Opa: Bis se droa send ischs Fieaber weg.
Oma: Dofür hold se sich em Wardezemmer a schlemmere
     Kranged. (in den Hörer)
     Was e gsagd häd? I han middem Opa gschwätzd.
     Was? End Schual will se au ned?
Opa: Seid wann isch d'Schual a Wahlveroastaldong?
Oma: No breng se hald, wenn du obedengd zum Schaffa
     muasch!

Lauffen/Neckar
Da ist Hölderlin geboren

Omas Krankenhaus

Nach Omas Pfleg en ihrem Haus
siehd s'Mädle wieder gsender aus.
Hoad Farb em Gsicht,
siehsch du des nicht,
ond a diea Äugla drehd se rund.
I glaub bald ische pobelgsund.
Geschdern hoad se gar nix gessa,
isch bloß bloich em Egg romgsessa.
Heud kommed d'Gluschda wieder raus:
Oma wie siehds mid Küachla aus?
Oma isch froh, dui Kranked vorbei,
doa bachd se Küachla mid Äplbrei.
Doa lached die Äugla ond leckd au dr Mund,
drei Däg war se krank ond etzd isch se gsund.

Wiea guad ischs, wenn d'Oma em Dorf wohnd
ond au no Zeid hoad.
Des nemmd dor Stress von de Jonge.

A Schwoabaleba

Als Baby fängd a jeder oa
Aus dem wird dann bald a Kleinkend noa,
a Bua a Mädle, so a hübsche Grodd.
Noa denkd mor sich: Joa sabberlodd,
was en soma Kend vorborga
ond d'Muader machd sich große Sorga,
weil d'Kerle pfeifed ihr henderher,
ach wenns doch bloß a Kerle wär!

Noa denkd se, wiea se grad so jong
mid Glitzerauga, voller Schwong,
hoad ihrem moa vordrehd dor Kopf.
War ned doa der en armer Tropf!
So wiea ihr Mädle sexy gehd
Ischs ehnder für diea Buaba z'spähd.
Diea hoad heid scho diea Hosa oa
Ond fended selber en nedda Moa.

Denn ois isch klar, ond so ischs eba,
bloß als Paar überstoahsch des Leba.
Deshalb wurd kurz nach Adam dui Eva erschaffa,
wie bei de Fisch, de Bära de Giraffa.
Ond wemmor sich gar vormehra soll,
gohd des bloß a Paar ganz toll.

Zammagschirra

Noi, reich wared se ned, meine Vorwandte uffem Hof.
Reich ned, aber äwwl zfrieda, diea Alde.
Diea hend gmoind: Was willsch mid äll dem Geld?
En Urlaub fahra? Des kenned mor ned, wägam Viech.
Dor scheene Kloidr kaufa? Wer siehds denn, doa oba
uffem Hof, dass i a neis Gwand oahan? Neamord!
Ond no meh Lombagruschd brauch i au ned, I han scho
a ganza Stuba voll, doa bassd nix meh nei.
So hoad mei Onkel drei Kabba ghed, des war sei Luxus:
Woisch – sodde, wo mor seidlich razieaga koa,
wenns de an de Aurläbbla friera duad.
Sei alda isch am Scheurador ghängd ond dronder war,
des hoad jeder Höfer gwissd, dr Hausschlüssl.
Mach des moal heid, doa wär nix meh drenn, aber was
war au scho zum Klaua drenn.
Diea middler Kapp hoadr Dag ond Nachd uffghed.
Ond diea neu isch oba em Schrank gläga,
falls oine
vorregga duad.
Dande hoad, als a bissle Luxus,
vielleichd faif Schürz ghed
ond an de zwanzg Kopfdüachr, für jeden Oalass ois.
Diea zwoi, ond des hoad jeder gsagd,
hend guad zammagschirrd.
Hend zu älle Zeida en d`gleich Richdung zoga
ond em gleicha Schridd.
Wenn i an meine Freund, jengera Paare, denk,
noa siehd mor, was doa älles schieaf ganga koa.
So feschd vorbonda wared diea, dass des koi Wonder war,

dass, wiea d'Dande blötzlich gschdorba isch, dr Onkel
hoad au nemme läba wella ond liegd zwoi Wocha schbäder
au dod em Bedd. Was hoadem gfähld?
Nix weder sei Ruthle, die zwoiafufzg Joahr mid ehm
zamma älles draga hoad. A bar Däg noach ihrem Dod
häbr gsagd: Wa wid i au alloi, i koa alloi nix meh.
Bloß zamma hen se leba wella.
Zamma wared se wer.

Peterskirchle, Altar

Opa als Schlichder

A millonischs Gschroi stört dor sonndäglich Frieda. Dor Opa kennt diea Stemm en älle Varianda. Sei Enkelbua! Aber Jungs weinen doch nicht? Oder war das die alte Erziehung von… flink wie die Windhunde, zäh wie Leder?

Joa, Heidasagg, noamoal! Koa mor ned moal en Ruah sei Niggerle macha? schimpft der in seiner wohlverdienten Mittagsruhe gestörte Schwabe.

Tobi: Ach Opa, dor Babbe isch gemein!, meint der Enkel und kommt quer durch den Garten gestapft. Opa weiß, immer wenn er so stapft ist er tödlich beleidigt.

Opa lacht: Aber geschdern war die Babbe no lieab.

Tobi: Aber heid nemme, der gibd mir ned moal mei bissle Daschageld, jammert Tobi. Noa, kann i ned en den neua Film. Dor Paul ond dr Heino dürfed au noa!

Opa: Also Tobi, en deim Alder han i no gar niea koi Geld krieagd.

Tobi: Also immer!

Opa: Wieso emmr?

Tobi: Niea ned heißt: nie nicht und das heißt modern immer.

Opa: Falsch übersetzt, des hoißd nie!

Tobi: Ich habe mit Papa vor einem Jahr ein Abkommen geschlossen, dass er mir als eine Art Lohn jede Woche 5 Euro Taschengeld bezahlt. Und das hat er verweigert.

Opa: En Grond wird er han, oder?

Tobi: Wir müssen einen Brief in Handschrift als Hausaufgabe schreiben und er meint, das wäre keine Handschrift sondern eine Sauklaue. Also wäre die Arbeit nicht getan und deshalb gäbe es keinen Lohn. Erpressung!

Opa: Herzeiga!

53

Der Enkel reicht ihm den Brief. Opa versucht ihn zu lesen. Er kann nicht:

Opa: Lies moal vor!

Tobi: (stottert herum)

Opa: Du kannst ja deine Schrift auch nicht lesen.

Tobi: Herr Schneider, onser Lehrer, meint, dass ein Brief in Handschrift sein muss, wegen dem Persönlichen. Ich hät ihn mit Computer geschrieben. So kann den niemand entziffern. Mei Handschrift ist wie bei der Unterschrift. Die soll man doch auch nicht entziffern können.

Opa: So schlecht sieht des Ganze ned aus. Emmer d'gleich Richtung. Ond oin Vorteil hoad diea Klaue: Mor fendet, weil mors ned lesa koa, koine Fehler.

Tobi: Siehst du Papa! (brüllt der Junge nach oben) Opa hat was Gutes gefunden.

Opa: Halba guad, soga mor amoal. Wie hoch isch der Eitritt ins Kino?

Tobi: Nicht ins Kino, d'SMV zeigt den Film. Bloß zwoi Euro.

Opa: I leih dir des Geld solang, bis du des nomoal gschrieba hoasch.

Tobi: Du bisch hald mei beschder Opa. (umarmt ihn) Ohne Opa wär ich verloren!

Vater (von oben): Altersmilde, bei mir war er noch streng ond deshalb koa i schreiba.

Ganz dr Vaddr, grad wiea d'Muader!

Besuch im Krankenhaus kurz nach der Geburt der kleinen Jasmin.

Die zwei Familien der jungen Eltern treffen sich, Häberles, Eltern des jungen Vaters und Bäuerles, die Eltern der jungen Mutter. Zuletzt kommt noch die ledige Tante Frida dazu, die meint, diese Ehe angebahnt zu haben.

Klara Häberle: Wo isch denn mei klois Butzele! Mei Dei-Dei-ei!
(nimmt das Babi aus der Wiege)
Gugg moal diea bsonder Noas, Karl, grad wiea deina.
Karl Häberle: Als Kend han i noa koi so a Noas ghed.
Fritz Bäuerle: Mensch Karl, des wär joa schlemm, wenn des kloi Pfädscherle so en Kloba, wiea deiner, em Gsichd hänga hed!
Karl H.: (fasst sich an die Nase) So schlemm han i den niea empfonda.
Berta Bäuerle: Du hoaschs guad, Karl, du sieschen joa ned. Gib mir moal des Kendle, des isch a ganza Bäuerle, diea Händla, diea Eigla. Ganz von os.
Klara H.: Jetzed übertreibs ned, Berta. Der Bräschdleng vom Fritz hoad se ned, des wär au nix. Doa isch der kloine Hoaka no bessr. (Zum Glück brüllt nun das Baby)
Tante Frida: (kommt ins Zimmer) Aber a kräfdicha Schdemm hoads:
Berta Bäuerle: Grad wiea dr Onkl Walter ond der war dor beschd Tenor von Urach.
Karl: Des wird nix!
Berta: Was wird nix.

Karl. Hoasch du scho moal en weiblicha Tenor gherd. Noi, i glaub, dui kommd ehner uff a Häberle raus!

Tante Frida: Des koa mor nach oim Lebadag no ned saga. Gäbbed mir moal des Butzle.

(das Baby schreit ganz laut)

Berta: (greift nach dem Kind) Des isch vorschrogga, onser Bäberle. Des moind du wärsch a Hex mid deiner Hauba und dem aldmodisch Kloid.

Tante Frida: Etzed schlägs dreizeah. Vor deine raushängende Zäh koa mor au Angschd krieaga!

Klara H.: Ond a bissle diaf ond osicher, klengd se scho, des kloi Mädle.

Fritz: I woiß dr Grond. Doa, rieach moal! (schnuppert an der Windel)

Karl: Des rieachd etzed wieder meh nach eich!

Mutter: (kommt herbei) Mir langds, euer bleds Streida. Mir isch Wurschd wem sei Noas mei Kend hoad, welche Auga, welche Hoar.

Des isch mei Liabs.

I woiß no wiea ihr hendr meim Rücka gsagd hend, i wär von henda ganz dr Vaddr.

Von vorna war i anders, klar, aber meim Frieder ben i von vorna grad rechd.

Ond etzed ganged ihr moal a Ronde spaziera. I muß d'Jasmin wickla ond stilla.

56

Was bei ons wichdich isch:
Zamma z'Middag essa

A jedes hoad sein Blatz,
rengs romm om dr Disch
des isch bei ons Brauch,
a jeder wo doa isch,
kommd zom Essa auch.
D'Oma kochd guad,
des muaß mor ihr lassa,
deshalb duad jedes
en Deller voll fassa.
Des rudschd dann oifach d Gurgel nonder
Ond dorbei wird gschwädzd ganz monder
Über des ond jenas,
was mor do sodd en dr Woch,
mor machds ned emmr gern,
aber mr duads doch,
weil jeder sei Uffgab
hald macha muss,
sonschd stodderd der Motor
ond mid dem Zamma wär Schluss.
Ond Oabends hoggad mir zamma,
dean a Vierdel Wei eischenka,
uff dr Zammahald oastoßa
onds mid Genuss ausdrenga.

A Hoch uff onser Familie!
Prost!

Onsre Alde onds Handy

D'Marie hörds Handy schella. Kurz vorher hoad ses no gsuachd.

Wo ischen des bled Deng! schempfd se.

Des Schella, des ihr Enkel irgendwann in Mozarts kloine Nachdmusik verwandelt hoad, muaß ausem Wohnzemmer komma. Doa henda em Eck vom Essdisch onder dene Zeidonga muaß des Deng liega. Doch grad wieas, d'Marie beinoa fended, hörd se dr ledschd To ond aus.

Ihr Jonger könnd etzed noachgugga, wers war.

Oser Marie mid oasde siebzich ned. So a Mischd, schempfd se, trägds no a Weile romm, weil se hoffa duad, dass es nomoal schelld, weil der Oaruafer sich nomml meldad.   Aber nix!

Noa butzd se hald weider, weil Freidich isch ond Freidich wird butzd. Des woiß au dr Opa, ihr Moa, deshalb ischr scho bald nonder zum Schorsch ganga, seim Freind. Weil sich als Vordriebener vorkomma isch.

Des Butza ischem a Greuel, weilr äwwl em Weg sitzd, wo er au sei Marbacher lesa duad.

Zledschd ischer en Garda gflüchded ond em sonnicha Eck ghoggd.

Doch kann der Beschde nicht in Frieden ruhn, wenn, hoddr bruddeld, wenn ehn sei Weib middem

Wäscheständer aus derra Eck vordreiba duad.

Bruddl ned, sechd se, sorsch muasch morga a feichda Onderhos azieaga ond se am Körper drogna.

Weil dr guad Albert des ned will, zieagd er sich ends Wohnzemmr zrück, bis ehn des furchtbare Würga vom alda Staubsauger au von dord vortreiba duad.

Etzed langds, etzed gang i zom Schorsch, dem sei Weib schaffd heid en dr Metzel. Noa koa beim Schorsch neamerd butza ond so a Oruah macha, sechdr ond stapfd dovo.

Der isch glada, denkd Marie, diea ihrn Alda scho über fuJoahr kenna duad. Ischr vorärged, noa laufdr so, wiea'r grad laufd. Hoffentlich ischem en seim Jeschd nix bassierd, denkd se, ond er hoad mi en dr Nod agruafa.

Mor mergd: Wenn diea boide zamma send, kabbln se sich, send se aber drennd, suached se sich. So ischs hald enra guad schwäbischa, alda Ehe.

D'Marie suachd schos zwoidmoal des bled Telefo, doch weil ses ned bwussd wo noaglegd hoad, fended ses ned. Noa kommd se uff a Idee. Ihr Enkel hoad ihr ledschdhin zoigd, wiea mors schnell fenda koa: Mor nemmd des alde Telefon, des middem Kabel, ond ruafd sich selber oa. Woas dann klengeld, liegds romm.

D'Marie machd des ond tatsächlich.. em Gang tönt Mozart ganz zart und leise, ihr glaubeds ned.. aus dr Brodkischd.

Schnell nemmd ses end Hand. Wer hoad wohl vorich oagruafa? Grad wiea se vorsuachd, indem se älle bsondre Taschda druggd, diea Nummer raus zu krieaga, schellds wieder.

Etzed schaffd ses leichd, nemmd ab ond hörd ihr Gadda: Sag moal Marie, bisch ned dorhoim?

Doch, sonschd kennd i etzed nix saga.

Moa: Aber vorich han i a halba Stond klengla lassa ond. Ach, wenn I gwissd häd, dass des bloß du bisch, häd I's ned gsuachd. Dr Moa: Was gsuachd?

D'Frau: Ha, des bled Hendy.

Moa: Dädschs hald ned vorstegga, des isch doch koi Oschderei. Sag, wa widd, i han koi Zeid, i muaß no em Ehrn butza.

Moa: End'r Metzl geids Schälribbla, des wär doch was?

D'Frau: Ned schlechd! I komm glei na, d'Bertha soll wedde uffheba.

Moa: Dui schaffd heid ned, dui butzd. Komm schnell! Wiea d'Marie nochra Stond mid Schälribble hoimkommd, hoggd dr Alberd ond dr Schorsch en dr Stuba. Hoad se der Spitzbua bloß deshalb mid Schälribbla ausem Haus gloggd, damid se a Ruah hend, diea Zwoi.

Ludwigsburg, Weihnachtsmarkt

Mei Gscheidle

Irgendwann ist auch das längste Schulhalbjahr zu Ende und Zeugnisse werden ausgegeben. *Gifdbläddla mid Hexaschrifd* wurden sie von den Schülern oft genannt. *Doa gibds en oiner Familie ofd ganz onderschiedliche Träna:* Eva hat Tränen der Freude in den Augen, *weil ihr Bläddle voll mid Oiser ond Zwoier isch, oifach sau-mäßich guad,* ihr Bruder, *oifach a ganz andre Rass, moind dr Opa,* hat die Notentabelle mehr von hinten aufgerollt. *Du häddsch en meiner Kendrzeid en d'Schual gaga solla, doa wär des a guads Zeignis gwä, doa war diea hechschd Nod diea Beschd.*

Der arme Fritz trägt alles mit Fassung, *weil sei Lehrer gmoind hoad, dass es zomma guada Baura scho roicha däd, er müssd joa de Säu koine Gedichd vordraga ond zom Glück gäbs zom Rechna Dascharechner. Bloß, wenn ehn sei Eva au no auslachd, noa driffd des den Bua hard* und deshalb weint er andere Tränen.

Opa tröstet ihn und meint: *Komm her mei Gscheidle ond sag dem gifdicha Weible, dass sui s'nexdmoal ihrn Bladda em Rad selber fligga muaß, des koa sui bei äller Gscheidheid ned. Des Mädle hoad zwoi lenke Händ.*

Da war Fritz etwas getröstet, denn er reparierte gern. *Gell Opa, du sechsch mir, wenn i dir wieder helfa soll, i ben hald viel lieber uffem Schlebbr, als en dr Schualschdub.*

Der Opa lacht und meint: *Du bisch hald mei brakdischs Gscheidle ond beide brauched mor, wedde zom Denga ond wedde zom Schaffa. Wichdich isch, dass a jeder sei Sach guad machd ond z'frieda isch!*

Größawahn

Wemmr des I vor des Mir stelld

A mancher denkd für sich alloi,
er könnd doch dr Greschde sei.
Wär der alloi uffra Insel,
des stoahd feschd,
wär er sicher dr Greeschd,
dr Beschd.
Doch sogar emma Weiler mid oinem Haus
siehd des scho ganz andeschd aus.
Doa stemmd diea Aussag gar ned mehr,
weil au sei Bruader groß gern wär.

Wer dr Greschd isch schätzed andere ei,
ob du was leischdes fürs Dorf, dr Vorei,
für d'Familie oder für arme Leid.
Mid große Sprüch, doa kosch gar ned weid.
Breng de hald ei, hilfd doa ond dord,
des siehd mor gern en jedem Ord
ond wer bescheida bleibd,
von dem sechd mor noa:
Dor sell war a rechder Moa.

Ganz Vorbohrde

Etzed semmr grad erschd mid onserer Moinung, dass bloß mir diea Beschde, Greschde, Klügschde send, onserer „Großmannsuchd" so uff d'Schnautz gfalla, das ganze Städt en Flamma uffganga send, viele Leud dod, ganze Länder zerstört, Kender koin Vaddr, koi Gschäfd meh, nix zom Beißa, koi Wohnung, nix zom Oazieaga.

I könnd grad weider macha. Onsre „Feind" hen Esspaketla gschickd ond Schülerspeisung en Schuala ond Kendrgarda.

Von dene „Feind", des war a schwarzer Amerikaner uff ma Panzer en Geradstetta, han i mein erschda Schoklad en meim Leba krieagd.

Häld der Panzer ned vor ons Kender oa ond lupfd dr Deckel. Mir Kender hend vor dem Klirra der Ketta saumäßig Angschd ghed ond faschd en d'Hos gschi..., Hebd doa ned äbbr sein Panzerdeckel ond schmeißd Cadbury-Schoklädla zu ons ronder.

Wäred diea au so vorbord gwä, hädded diea sich gfreid wenn mir vorhongerd wäred. Schließlich send au viele von dene gfalla. Diea wared ned deutsch, diea wared anders!

Sogar i ben en de Ruina von Cannstatt uffgwachsa ond han no ned vorgessa, was dr Grond für des Schlamassl war.

Irgend wedde, ob se überhaupt a bissle was denkd hen, woiß mor ned gnau, aber a Eibildung hen se ghed, hen gmoind, mir Deutsche send diea Beschde, diea Herra ond andre dürfed ned leba oder müssed ons diena. Völker diea scho vor zwoidausend Joahr Bücher gschrieba hend, während mir Germana mid Bärafell durch d'Wälder gsaud send, an Donner- ond Mondgötter glaubd hen ond mid Beil kloine Magga als Zoicha en d'Stämm gschlaga hend.

Neidisch wared mir doamoal uff älles Fremde au scho, deshalb hen mir, wenn mir a römischs Kastell erobert hen, älle he gmachd ond älles, was mir ned noabroachd hen, zammagschlaga.

Etzed kommed scho wieder solche „mir send die Greschde" aus der Vorsenkung, drommled ganz dompf ond marschiered romm.

Älles Fremde muss raus! Wer leert dann diea Kuddroimer?

Wer pflegd diea Kranke ond Alde?

Wer stoahd beim Daimler Dag ond Nachd am Band?

Diea ned, dia müssed marschiera. Heute hier, morgen dort.

Hen diea nix glesa? Nix draus glernd? Nix...

Schwaben war schon immer ein offenes Land, weil Fremde au neue Ideen hen. Wer hoad ons dr Wein brochd? Klar, diea Römer.

Mir wared no niea homogen, no niea oi Sord Leid:

Schwaben, Franken, Badener, Pfälzer, Alemannen leben friedlich zamma em erfolgreicha Ländle.

Natürlich au no Noachkomma von de Römer, von der Franzosa ond etzed wieder Griecha, Türka, Spanier. Ond natürlich onsre Italiener, wia mei Tino, mei Noachber.

Zwoi lenke Händ

Eigentlich sollte ich schon lange in Frankenbach sein. Die Landfrauen warten im Bürgerhaus. *I sitz en meim Karra ond orgl,* auf deutsch: Ich betätige meinen Anlasser. *Doch der Karra machd koin Mucks.* Ich steige aus, öffne die Motorhaube und stehe vor einem Rätsel. *Worom schbrengd der ned oa?* Eigentlich brauch ich nicht *nei z'gugga, i han doch koi Ahnung ond sozusaga zwoi lenke Händ.* Lehrer wie ich sind eher Schreibtischtäter. *I noddl an a bar Kabel romm, klopf uff en Deggl ond hogg wieder nei. Orgl wieder,* aber nichts rührt sich. Da erscheint ein lustiger, wuscheliger Kopf am Fenster, jemand klopft an die Scheibe und meint in italienischem Deutsch: *Hanns, wassu machsch?:* Ich schaue auf und sehe Tino, meinen Nachbarn. *Mei Karra schbrengd ned oa! Der bled Denger!* Er lacht nur und deutet mir an auszusteigen. Was ich auch gleich mache, weil ich Tinos Hände kenne, *er hoad zwoi rechde.* Eigentlich ist er ein Bauer aus Kalabrien, zur Zeit arbeitet er als Maurer, streicht Wände, wenn er sie verputzt hat und bastelt an seinem alten Fiat in der Garage rum, der Teile von mindestens zehn Altwagen hat. Er stinkt, *schäbberd ond brommd, hoad guad zehn Joahr uffem Buggl,* aber er läuft, manchmal fast 2000 Kilometer bis in Tinos Heimat mit Familie und Sack und Pack. Und mein Jungwagen will nicht. Auch Tino öffnet die Motorhaube, geht in seine überfüllte Garage und kommt mit verschieden Werkzeugen zurück. *Des hemmr gleiche. Momento uno,* sagt er, schraubt hier und dort. Vielleicht war ein Kabel kaputt? *Etzedle, kannschu, drügg mal Schlissl durch.* Natürlich befolge ich die Anweisungen und... Was glauben Sie? Der Wagen springt sofort an. *Mensch Tino, prima! Was war he?* Er zeigt auf seinen Mund. *Hoasch Honger?* Tino lacht: *Noi, i nixmanschare. Marder Hunger, macht mampf, mampf mid Kabel. Etzedle goahds, aber morgen bau neis Käbele nei.* Ich lobe ihn, biete ihm einen Zehner an. Er lehnt ab. *Deine Frau mid kleine Maria immer bissle Deutsch lernd, das gud. Schon besser als Papa Tino.* Zu allem Überfluss werde ich noch am Samstag zu einem *„Feschdle"* in Tinos *„Stückle" am Lerchaberg eiglada. Was soll i saga: I han nix gega Ausländer, diea langed zua, bruddled weniger ond mir send guade Freind!*

mei Freind Tino hilfd

Ziggzagg

Dor oine sechd mir häbed zviel, dor andre mir häbed zwenich, Ja heidasagg, was gild etzed?

Mei Freind, Gipsermeischder, moind, er häb gar koine Lehrling meh, von onsre Jonge well koiner meh so was schaffa, ond wenn er ned diea Fremde nemma däd, könnd er sein Betrieb zua macha. Außerdem wäred des au no sei beschde Leud.

Ond etzed kommd no dr Geck: Wenn sei Lehrling Ausländer oder gar Asylbewerber wär, därf er dem ned zuasaga, weil er erschd en dr ganza Republik suacha muss, ob doa vielleichd en Mäck-Pomm a Deutscher Jonger seid drei Joahr en solcha Job suachd. Bloß, wenn der ned will ond bereit isch alloi nach Würdaberg omzusiedeln. Noa därf...

Älles klar?

Oh lieabs Herrgöddle von Biberach!

Wer leert den Müll?

Wemmr zwenich send ond schläggich brauchd mor
Fremde zums wüschde Gschäfd schaffa.
Ohne diea brichd älles zamma!

A Lob

Wer schaffed des viele wüaschde Gschäfd?

Wer schraubd diea Audo?
Putzd für Geld?
Pflegd diea Alde?
Schaffd em Feld?
Wer ernded diea Drauba,
liegd für Erdbeera uffem Bauch
ond diea Spargel em Boda,
diea suachd er doch auch!
Wer schaffd bei Nachd en der Fabrik?
Wer empfended s'schlemschde Gschäfd als Glück?
Wer wohnd en Baracka bei 40 Grad Hitz,
wärend i doch scho bei 30 Grad schwitz.
Ond muaß no beddla: Schickd mi ned zurück!
Manchmoal denk i: Ben i denn vorrückd?

Diea wo mid Stiefel dorgega protestiera,
sodd mor moal zom Mülleimer noa führa,
diea däded glei saga: So en Gestank
will i ned emmr, der machd mi krank!
Bruddla isch leichder als sodde onderstütza.
Des send ned diea Schädleng, die dean ons nütza.
Au mid dene zamma goahd älles voran,
helfed annander ond packeds an!

69

Woran man ein lebendiges Dorf erkennt:

Onsere Verei

Eigentlich bin ich ein Städter, da aber hat das Vereinswesen bei der Größe meiner Heimatstadt vielleicht nicht mehr die Bedeutung.

Du kennsch grad no dei Vierdel, diea Ennastadt vom Eikaufa ond a bar Schualkamerada mid ihre Familiea. Noa ischs aus!

Auf dem Land ist alles übersichtlicher und gute lebendige Gemeinden haben viele Vereine *vom Sport, über d'Kultur bis zu de Naturschützer, d'Landwirt, d'Wanderer ond Brieafmargafreind ond meh.*

Äba für älle Wünsch oin ond wems ned langa duad, der gründed en neua.

Oaleidung zur Gründung vomma Vorei

Zerschd suachsch Leid dieas gleich wella,
s'gleich Hobby, oder gegas gleiche send.
des goahd au, isch aber schwieriger.
Dann goahds los!
Heud hogged a bar Leud en dr alda Krona,
des send Gardafreind, diea pflanzed sonsch Bohna
Dräubla, Stachlbeer, Bräschdleng ond Kraud.
Doa hoggd dr Ludwig mid seiner Braud
ond au'diea ganze Schäufeles send doa,
sechs Mann zom Glück, dromm fanged se oa.
Weil au dr Fritz Maier isch dorbei,
soll der des leida, diea Gründerei.
Weil se achd seiad könnd de klabba,
ond ned

wiea doamoals beim Schachvorei em Rappa,
sechdr, doa war dann älles zledschd für d'Katz,
weil dor Guschd sei bsoffa gfalla vom Platz
ond sei Weib, dui raude Adelheid,
häb ehm oifach glassa koi Zeid
sein Servus onder diea Urkund zu schreiba.
Du bisch doch bsoffa, du läsch des bleiba.
Deshalb gäbs bis heid koin Schachvorei
ond sie kämed zom Spiela ned ens Voreinsheim nei.
Bei dr heutga Grendung lief älles wiea gschmierd,
weil dr Voreinsmaier scho älles hoa efder probierd.
Gefeird wird älles mid drei Flascha Wei,
doa gäbs koi Erinnerung des seh mor ei.
Dr Voreinsmaier isch Vorstand ganz an dr Spitza,
der sechd etzed nix meh, der hoad oin sitza.
Dr Kassier gwähld en Abwesaheid, weil der sei krank,
sell isch dor zwoid Vorstand von dr Bank.
Dr Lehrer wird als Schriftfüher vorgschlaga,
weilr fehlerlos schreiba kend, des koa mor saga.
En zwoida Vorstand sei no ned gfonda,
vielleichd dr Utz, uff den warded mor seid Stonda.
Weil dr Maier koa bsoffa nix meh saga,
duad dr Lehrer a Rede waga:
Der denkd, er wär beim Literarischa Vorei
doch sei Red, dui fälld ehm ned ei.
Aus Ärger goahd er zum Platz jetzt zruck,
hoggd sich noa ond drenkd en Schluck.
Jetzd wird dr Maier wieder monder,
hebd sei Glas, sechd was ond fälld wieder nonder.
Noa drenkd hald jeder uff den neua Vorei
ond älle em Wirdshaus stemmed ei:
En onsre Ohra klengds lange noch,
onser Vorei, derlebe hoch

A Verei förderd au
des Zamma-Sei

Onser Vereinsmaier

En onserm Dorf send drei Vorei,
joa doa muaß a jeder nei!
A mancher koa ned richdich senga,
doa duad ehn dr Musikvorei denga
ond hoasch zwoi alde Hasaställ
bisch bei de Kleitierzüchder schnell.

Bisch Wird odr Gemeinderat,
bleibd dir koi Vorei erspart.
ond isch em Dorf a dreidägich Fäschd
noa wechsle bloß diea Gäschd.
Älle Eiwohner send irgendwo dorbei,
diea hen koi Zeid zum Feschda, Sauerei!

Am Freidich hoasch für d'Sänger d'Kass,
am Samschdich dord en dr Küch dein Spass,
am Sonndich duasch dann Würschdla broada.
Noi s'Fäschda duad em Schwoab ned schada.
Am Medich duasch dann zamma reima
Am Deischdich därfsch Sengstond ned vorseima.
Am Middwoch duasch dei Tuba blasa
Am Dorschdich läsch dein Rammler grasa.

So hoasch als Voreinsmaier a Woch, a scheena
ond en dr reschdlich Zeid duaschs Weib vorwöhna.
Ond was des Schenschde isch:
Wer bei viele *Vorei isch koa au ofd feiera.*

72

Kirbe

Hallo Hanns, kommsch am Sondich zur Kirbe? fragte meine Oma mich manchmal am Telefon. ***Kirbe, Reigschmeggde*** würden das Fest Kirchweih nennen, war zu meiner Jugendzeit das größte Feuerbacher Fest und meine Oma wollte ihre Enkelkinder gerne dabei haben, um sie stolz ihren Freundinnen zu präsentieren. ***Des isch doch sonnaklar Oma, dass i komm. Klar wiea Klosbrieah!,*** meinte sie dann lachend. ***Oi Jaohr ned uffd Kirbe, ha, des gohd z'weid.*** Dazu kam, dass wir Enkelkinder von ***d'r Ahna,*** der Großmutter, die außer den obligaten Geschenken zum Geburtstag und zu Weihnachten mit Geld nie zu großzügig umging, zur ***Kirbe a Kirbekromed,*** ein Kirbe-Taschengeld, bekamen und das reichlich, denn ohne Geld konnte niemand Karussell fahren ***oder um a Rode z'ässa.*** Unsere Eltern saßen solange mit der Oma im Zelt und unterhielten sich mit ihren Bekannten, ***middem Johrgang,*** den Schulkameraden. ***Ond wemm au, d'Schual scho ewich vorbei isch, mid de selle driffsch de s'ganz Leba lang.***

D'Kirbe brengd d'jonge Leid zamma

Zuletzt sei noch gesagt, dass die *Kirbedäg* in einer leicht pietistisch angehauchten Gegend fast die einzige Zeit war, in der man etwas *ausglassa* sei durfte. In den Tagen *randelten* wir Kinder herum, *die Halbwichsige, fufzeah bis zwanzg Johr ald, hend ihr Freindin g'fonda,* weil auch die sonst streng behüteten Mädchen seltsamerweise an den Tagen unbewachten Ausgang hatten. So ging es auch mal in Feuerbach *dronder ond drieber* und mancher hat augenzwinkernd diese Anarchie getadelt und gesagt: *Was ischen des fir a Kirbe?* Als kleiner Junge musste man bei Einbruch der Dunkelheit nach Hause und hat so das Wichtigste höchstens am Rand mitbekommen, wenn es in den Büschen am Wegrand raschelte und knackte. Damals bekam ich angst, heute weiß ich, dass das wohl die Liebespaare waren.

Ob die Geschichte stimmt, weiß ich nicht: *Dui hübsch Marie vom Bachwieser hoad sich scho lang den Sonnawirdsbua als Bräutigam rausgsuachd ghed. Älle hen sich gfreid, bloß diea zwoi Elternpaar gar ned.*

Bei dr ledschda Kirbe hen diea zwoi ganz eng danzd, send Hand en Hand vorschwonda ond henns au moal richdich raschla lassa, ond bald druff war dui frühere Jongfrau guader Hoffnung. Diea Eldera hen zerschd bruddld ond noa ganz schnell dui Hauzich organisiert, damid mor noa ned so gnau seha däd, worom.

Josef heißt der stramme Hoferbe *ond dr manch sechd Kirbejosef zu ehm. Dass des guad war siehd mor au droa, dass ledschdhin goldna Hauzich bei dene war. Diea hen äba aus Lieab ond ned aus Berechnung, das diea Zwoi zammakomma send. Guad so!*

74

Kirbedanz

Dor Guschd mid seiner Klarinedd,
wemmr den ned häd,
spield diea scheeschde Lieder
emmr, emmr wieder.
Bald scho zuggs en meine Füß.
Beim näxda Walzr, sell isch gwieß,
gang i zu dr Marie nomm.
Dui hod von älle dr beschde Schwong.
Dia koa kreisla, schweba, wiega.
Ond i mi ganz oms Mädle biega.
Woich isch se ond rieachd au so guad.
Ach vorflixd, mir fehld dr Muad.
Warom muaß i, des fälld mir ei,
dr Soh vom kloischda Baura sei?

Doa tridd dr Heinz uff des Parkett,
grinst ond lachd se oa so nett.
Was duad mei Marie, des därf ned sei?
Sui goahd uff seine Werbung ei.
Bald kreiseld dor Wirdsso meinen Schwarm.
Sui wiegd sich hängd vordreimd em Arm.
Ond isch dui Musik endlich aus,
begleided se der Kerl nach Haus.
Ond zum bösa Schluss
Kommd vorrem Haus der Abschiedkuss.
Mid derra Lieab ischs ganz vorbei.
Es geid no a andre, fälld mir ei.

Bei einem anderen Paar lief in der Jugend nach einen guten Anfang alles daneben.

Koin Mucks

Endlich, fast ein ganzes Menschenleben später, nach *derra haschdicha Hauzich vom Rosale ond au no mid ma Amerikaner fand sich das Paar wieder, koiner von boide hoad me droa glaubd.* Ob das zuafällig oder von Rosas Bruder gesteuert war, *wer woiß?*

Zwei alte Leute hatten sich genau zur gleichen Zeit bei schönstem Wetter den herrlichen Aussichtsweg vor zum Lichterberg hoch über dem Bottwartal ausgesucht.

Plötzlich, noch etwas entfernt, erkannten sie sich fast gleichzeitig.

Ha, so äbbes! ruft die alte Dame, *Bisch des amend, du mei guader Paul, mei Lieaber?*

Irgendwo beim alten Schafstall blieben die beiden wie gebannt stehen, schauten sich an und der Mann antwortete: *Rosa, wo kommsch denn du au her?*

Paul, mei lieaber, alder Paul!

Sie gingen die letzten Meter, fassten sich an den Händen und schwiegen bis Rosa seufzte und Paul meinte: *Ach mei Rosa, dass i di no oimoal seh!*

Plötzlich ließ er sie los und schüttelte den Kopf:

Doamoals war i dir wohl ed lieab gnuag! Was sechsch? Ha, sorschd hädsch joa ned den Ammi gheierd. Ond i han denkd, er wär nebam Rudi, deim Bruader, mei beschder Freind. Überall send mir mid dem deitscha Amerikaner zamma gwä.

Lange schaute die alte Frau ihn an, schüttelte den Kopf und sagte: *Du glaubsch ned, was fir a schlechds Gwissa mei*

Tom ghed hoad. Er hoad gwissd, dass du mi au gern hoasch. Bloß du ned! Emmer wieder hodr gmoind, das i des erschd mid dir kära soll. Diea Freindschafd war ihm so wichtich.

Han i ned gmergd.

Begriffstutzig warsch, schüchtern ond niea nix gmergd.

I, i doch ned.

Woisch nemme, dass i mi beim Deiflskudsch fahra vor die drängeld han?

Bloß no eisteiga hädsch müssa.

Ond du driddsch zrück, läsch dr Tom vor ond mir zwoi fahred zamma. Ond. koin Mucks hoasch gsagd!

Vielleicht ging im Alter dem Paul ein Licht auf und er erwiderte: *Was du ned sechsch! Ond i han mi scho gwonderd, worom.*

Sie hätte sich auch über ihn gewundert. *Drei Joahr häd er se wiea a Rälleng omschlicha. Wiea offd hoad se gward, ob er ned was saga däd.*

S'Joahr war romm ond nix. Koi Wördle, koin Mucks!

Und weil Paul wohl zu schüchtern war, hatte Rosa den Amerikaner geheiratet und eine gute Ehe mit erwachsenen Kindern so weit fort von der Heimat durchlebt. Erst als ihr Ehemann starb und sie hörte, dass Paul nun auch Wittwer war, kam sie nach Hause zurück.

Wemmor ons zammareißed, kenned mir an derra Stell nomoal oafanga, sechd se. Was moinsch?

Kurz nach dieser Frage traf ich die beiden auf dem Lichtenberg *bei sellam Bänkle.*

I könnds euch zeiga.

Diea boide alde Leud, ennerlich erschd seid grad wieder a bissle jong, hend sich setza müssa, sich feschdghoba, als welded se sich nemme loslassa. Ond dr Paul krieagd endlich sei Gosch uff ond sechd: Ach Rosa, i han de doch scho emmr gern. Worom hoasch doamoals niea nix dovo gsagd? wundert sie sich.

Weil i no nix war, no nix ghed han, sagt Paul, ond au, weil dr Tom so a neddr Kerla war ond au en Baurahof drieba sogar mid Epflbeem ghed hoad.

Du bisch mir aber oiner! antwortet Rosa darauf. *Wiea wenns mir doa druff oakomma wär. Mir wared jong, xond ond zamma häded mir scho was noakrieagd. Moinsch ned?*

Ond s'End vom Liead isch dann noamoal a Hauzich gwä bei ons em Dal: Boide hen nämlich gmoind, dass mor sich bei der vielleicht bloß no kurza Zeid nemme loslassa sodd.

Auf dem Bänkle am Lichtenberg

78

Von dr Oma

Gugg diea alde Frau doa oa,
diea hoad scho bessre Dage gsäha,
Wars leba lang fürd Kender doa.
Ihr Stolz isch ihr Gedeia gwä.

Jetzd hoggd se doa em Aldersheim,
duad ihre ledsche Zeid genießa.
Doch leider isch se meisch allein.
Duad em Dräuma Bleamla gießa.

Sie hörd von fern a Melodie,
duad sich en derra wiega.
Wie gern hoad se doch früher danzd,
nur so koasch richdich fliega.

S'Schönschd vom Leba kommd en Kopf,
des Wüaschd isch längschd vorgessa.
Kämmd dräumend durch ihn graua Zopf.
Wiea dichd isch der scho gwesa?

Doa hörd se Kenderschridd em Gang.
Weg send diea alde Sorga.
Uff euch ward i scho wirklich lang.
Ach bleibed doch bis morga!

Des Leuchda von de Enkelauga
des machd diea Oma wieder jong.
Ihr werded des joa kaum mir glauba,
uff oimoal hoad se wieder Schwong.

Ausgleich

Älle renned, hetzed, hend niea koi Zeid.

Begegnung em Flegga:

Du Hanns, schee, dass i di seh, aber i han etzed grad gar koi Zeid! sechd mei beschder Freind, den i schau ewich nemme gseah hau ond rennd wieder wiea gschdocha.

Hald Fritz, mir send doch ned uff dr Fluchd! Ruaf i ehm no noach. Hilfd nix. Weg ischr.

Mensch Fritz, denk i, mir send doch Rendner, gnauer: Er Rentner. i Pensionär.

Doa därf de niea über was beklaga.

Glei hoasch widdr uffem Disch: Euch goahds doch guad. Euch laufd doch dr Rotz d'Bagga nuff.

Wärsch hald au Lehrer worda, sag i.

Guad, manche müssed no wieder grubla, weil vorna ond henda ned langa duad.

Des kommd von dene prozentuale Erhöhunga: Älle grieaged 2 % meh.

Also a armer Rentner mit 600 € --- 12 €. Des langd kaum a Halbe uffem Wasa.

A reicher Rendner mit 10000 € -- 200 €, des badded. Sechd doa oiner, dass diea Reiche emmr reicher werded ond diea Arme emmr .....?

Diea, wo diea Rende vordoilad, gherad wohl au zu de Reiche? froagt mei Enkel... Äba! Sag i.

Es fehlt alle am Ausgleich, an dr Balance zwischa. arm ond reich, schaffa ond gruaba, i ond du.

Zamma sodd mor oifach... bloß a bissle meh denka...
Und nicht nach dem Motto:
Jeder denkd an sich,
nur ich an mich!

Wo isch diea ganz Zeid noa?

Heute hat man viele nützliche Dinge, die eigentlich Zeit einsparen müssten, doch wo ist sie geblieben?

Han i früher mid meim Freind schwätza wella, noa han i a Vierdlstond zu dem noalaufa müssa.
Heud han i ihn middem Telefo sofort an dr Stribba ond middem Handy von alle Egga der Weld. Des isch prima, oder?
Nachteil: Wo i au ben, koa mir irgendwer irgendwas ofd au äbbes oagnehms midteila. Will i des wissa? Au des viele Telefoniera koschd Zeid!
Mei Muadr hoad no viel uffem Wäschbredd gwäscha, des hoad viel Zeid koschd. Heid hoasch a Waschmaschin, richdich eigschdelld, wäschd dia älles von selber.
Noachteil: Hoasch früher am Medich neue Schaffkloider oadoa, noa hoad neamerd gmeggerd, wenn diea am Freidich dreggich wared.
Heud müssen die Hosen im Sandkasten am Morgen ohne Fleck sei: Ach Frau Schneider, haben sie keine Waschmaschine? Ihr armes Kind!
Laufa muasch au weniger, du hoasch joa a Audo.
Nachteil: Grad deswäga nemmsch zua ond muasch dann stondalang jogga, damid d'Figur wieder bassd.

Durch äll diea moderne Sacha schbarsch kaum Zeid!

Zammahogga

Früher en dr Wendrzeid
isch mor zammaghod, ihr Leid.
Des war diea Zeid für schene Geschichda
ond mancher hoads uffgschrieba,
en andrer duad dichda.
Die Fraua hen ghägeld ond Sogga gschdriggd,
während drussa dr Wend wie vorriggd
an de Läda rüddl ond durch Ritza pfeifd,
ond a küahler Hauch dein Anga streifd.
Doch mid Senga ond Harmonikamusik
kam en älle D'Wärm zurick.
Au von de Alde hoasch viel erfahra,
was se erlebd hend en all de Jahra
ond wiea se au Nod überstanda hend,
zum Glück häb des heud a End.
Ned ganz denk i,
denn des en onserm moderna neua Läba
duads a Nod em Zammahald gäba.
Wer ald isch hogd jetzd em Heim allei.
Muaß des sei?
Früher hoasch viel wenicher ghed,
doch mor hoads deild ond i wedd:
Au nach dem Verteila isch dei Teil ned so klei.
Dass grad vorhongersch, des soll ned sei.
An andre denga
ond eifrich schenka,
i woiß des fälld dem Geizicha schwer,
doch ehnder käm a Kamel durch a Nadlöhr
als a soddr ens Paradies, des isch gwieß.

Zamma hemmr ned z'wenich! Hemmr ned meh wiea
gnuag?

Au des muaß zamma sei

Wo ischr der jetzd?

Schon von weitem sieht Opa, dass heute mit seinem Enkel
etwas nicht stimmt. Normalereise kommt er freudig die
letzten Meter auf ihn zugerannt. Heute nicht. Was ischen los,
Buale. Was ischen dir ieber d'Läber glaufa? fragt er.
Was ganz schlemms! schluchzt der Junge.
Isch was middem Babe odr dr Mamma?
Schlemmer?
Ha, was denn? Gibds was schlemmers?
Da brechen zuerst die lang gestauten Tränen aus den Augen.
Mei... mei Pederle isch dod!
Keine Angst, das ist nicht sein Bruder, das ist sein Gold-
hamster.
Wie ischs bassierd?
Der häb en ganz langa harda Spaghetti en sei Hamschder-
bagga gschdopfd, emmer weider nei. Henda wär scho a
ganzer Bebbl rausgschdanda.
Warom hoasch nix gmachd? fragd Opa.
Hann i scho. I hanns rauszieaga wella, aber der hoads mid
de Pfedla feschdghoba, meint der Enkel. Noa hoadr doch
losglassa ond isch uff dr Schdoiboda pflomsd.
Er hätta aber no a bissle glebd. Heud morga aber warrer dod,
mausetot.
Komm, Paul, mir hogged ons uff onser Sorgabänkle, schlägt
Opa vor.
Der Junge drückt seinen Kopf an Opa und fragt: Opa, wo
isch mei Peterle jetzd?

Droba, zeigt Großvater. Doa em Hemml. Wo moinsch?

Doa, wo mir älle noa komma dean, wemmr ned bes send.

Du moinsch em Hemml? Ond i han so Angschd ghed, dass doa bloß Menscha neikommed.

Ned moal älle, meint der alte Mann.

Mir müssed Dande Grede froaga, diea kennd sich aus, stellt Peter fest.

Wieso grad dui?

Dui hoad gsagd, wenn i nomml ned en d'Kenderkirch ganga däd, käm i ned en Hemml.

Dui muaß es wissa!

Sag i doch!

Grad omkehrd ischs. Dui sell woiß gar nix. Neamerd woiß doa was Gnaus, wer neikommd ond wer ned. Ond des isch guad so.

So oine wär aber gschickd, denkt Peter laut.

Worom?

Noa däd i se froaga, ob i überhaupt a Chance han. Wenn sowieso ned, noa müaßd i nemme end Kenderkirch. Des wär doch grad für d'Katz.

Oh Buale, mor muaß au manchmal was Guades au ganz omsonschd doa.

Wiead Mamme, dia hoad mei Hos ganz omsonschd gwäscha, hoad se gschempfd, weil i glei druff en den Kuhflada gfloga ben.

Doa hoasch au so gheild, lacht Opa.

Noi, bloß om des guade Veschberbrod!

Des hoasch doch no aus der Brüah rausgangeld.

Scho, aber an derra guada Läberwurschd war Mischd droa. I hans glei grocha.

Opa steht auf und will ins Haus gehen, aber Peter ruft:

Opa, jetzd wo du mir gsagd hoasch, dass au Viecher en Hemml kommed, no sag moal, was isch dann mid dene viele Säu?

Wedde?

Ha dene wo mir gschlachded ond gessa hen. Kommed diea au nei?

Klar, aber en dr Schweinehimmel zamma mid manche Menscha die au wiea d'Säu lebed.

Noa send diea au uffghoba.

Bisch nemme so traurich? fragt Opa und schlägt vor:

Peter ward no bis donkel isch ond du die Sternla siehsch. Doa droba irgendwo müssd dr Hemml sei ond älle, wo lieab wared send ammend so a Sternle ond gäbbd dene, wo an se denked, Lichd.

Das vergaß der Junge nicht.

Als Opa Jahre später starb, stand der nun große Peter am Abend lange vor dem Haus und schaute nach den Sternen. Schienen sie heute nicht besonders hell?

Gruabzeid

Dr Wendr war zom Gruaba doa,
für Bauersfrau ond Bauersmoa.
Je meh diea Felder dieaf vorschneid,
je meh hen diea dann boide Zeid.
Die Pflanza mached Wendrschloaf,
den Ehne deckd a Fell vom Schoaf
ond jedr hoggd am Ofa romm,
scho'n Meder weg, doa friersch wiea domm.
Wer ed grad schloafd erzähld a Gschichd
Von Sommerzeid ond warmem Lichd.
Ond Kender höred eifrich zua,
so hoasch von dene au a Ruah.
Ond weil koi Fenseher em Zemmer
isch doa a Ruah, diea suchsch heud emmr.
Hoasch Zeid zom Schwätza, ond zom Lesa.
Was isch des fir a Zeid gewesa?
Gonz ohne Strom mid Kerzalichd
ond a Handy gabs domoals au nichd.
Wenn d'Sonn ging onder, hoad mor gessa.
Isch no a Stendle zemagsessa
au mid dr lieaba Noachberin.
Wo send diea Däg, diea Stonda hin.
Ond bald zogs jeden ens Bedd zurück,
des war de Eheleud ihr Glück.
Eng zamma warn se wieder jong
ond hen aus Lieab ond voller Schwong
wiea schomoal au en seller Nachd
en neia Spross gemachd

Wender bei ons

Noi, ohne a bissle Warda gibds koi Weihnachdfeschd
Ach Opa, wann kommd endlich s'Chrischdkedle?

En Chrischddag mid Kender

Häd i ned en chrischdlicha Hendrgrund ond emmr no den
Drang, obwohls kaum en des riesige Progamm bassd,
irgendwann am Heilicha Oabend au end Kirch z'ganga,
noa häd i mir scho öfder überlegd, ob mor des
Weihnachda ned oifach sei lässd. Mor häd viel wenicher
Hetza, Schaffa, Butza... oifach wenicher Hektik.
Ond des wär guad.
Natürlich stelld sich dui Froag ned, wenn äbbr kloine
Kendr odr Enkel hoad. Diea selle warded doch scho so
lang druff, hoffed, banged, zweifled.
S'Buale froagd: Ach Opa, wann kommd endlich des
Chrischdkendle?
Sei Schweschder sechd: Hoffentlich fended ons des, weil
mir ned dohoim send!
Ganz schlemm isch dor lang Middag vor dr Bescherung,
der will ned romganga.Mir feired *zamma,* weil des bei os
so isch. D'Fraua send mid Kocha ond Bacha
beschäfdichd ond Mannsleud middem
Chrischdboomschmügga ond d`Enkel send irgendwiea
em Weg. Lauf doch mid dene a Ronde, sag i zum
Schwiegersohn. Die welled ned, aber müased ond steahn
deshalb glei wieder do. Älles spielt sich jetzed em Gang
vor derra „Feschddür" ens schene Zemmr ab. Des
Schlüsselloch zeigd joa leider bloß en kloina Ausschnitt.
Plötzlich schdad dr Äldschd von dene Guggr: I glaub i han
des Kloid vom Chrischkendle gseha.
Koa ned sei, moind sei Schwester, wenn des doa isch wird

middem Glöckle gschelld.
Tatsächlich hört man des alte Glöckle.
Die Tür goahd uff ond diea Kenderaugen au.
I, dr Opa, denk an Weihnachda dohoim ond ben dankbar,
dass mir zamma älle Klibba des Joahrs guad omschiffd
hend. ***Zamma semmr oifach stark,*** denk i.

Kendrweihnachd

Hoasch en diea Kendrauga guggd?
Wiea se standed o'vorruggd
en dr Stub mid offne Mender.
Des erlebsch hald bloß mid Kendr.
Für siea isch älles wiea a Draum
vorrem hella Lichderbaum!

Ond bei dir?
No oimoal klei,
oimoal no a Kend zu sei!
Oimoal ned bloß hetza, renna.
Oimoal no so gugga kenna!
Sich so freia uff sei Gschenk!
Des wär schee!
Ond wenn i denk,
Chrischddag en dr Kendrzeid
Wars schenschd für ons.
Ond heid?
Vorglicha mid heud warn d'Päckla klei,
d'Freud war groß, so müssd des sei!

Isch die Schenkerei ned a bissle ausgarded?

Sich um Einsame, Alde, Kranke zu kümmra,
isch au en Teil vom guada Zammaleba

Wer alloi em Wendr isch, bleibd ofd alloi

S'Joahr vorbei, diea Nächde lang.
Dui Donklheid machd manche bang.
Ond wer alloi isch, warded, hoffd,
dass Bsuach kommd, overhoffd.
Doch drussa schneids ganz große Flogga.
Doa isch der Bsuach vorschrogga,
a bissle grudschd, noa isch des aus
ond er dabbd wieder zrück ens Haus.
Dui Marie häddr gern joa gsäh,
wär hald des Weddr bessr gwä.
So hoggd der Guschd dorhoim alloi,
vormissd sei Marie, siea wäred zwoi.
Ond dui Lehr aus sellra Gschichd,
suach dir em Wendr koi Freindin nicht,
fang doamid scho em Früahling oa.
Bisch viel bessr droa!

War ed grad erschd Sylveschdr?

Des Joahr vorbei.
Wiea d'Zeid vorgoahd!
Wiea Wasser rennd des Leba.
Wiea war des Ald?
Wiea wird des Neu?
Was wird's für os no geba?

Ond wenn vorsuachsch
Mid äller Machd
Des älles uffzuhalda,
kommd trotzdem dui Sylveschdrnachd.
Vorbei ischs middem Alda.

Lern des Vordraua!
Lass des renna!
Muasch de hald von ebbes drenna.
Gugg vorwärds!
Gugg nia ned zurück!
No wird aus Goddvordraua – Glück.

Henner des alde Joahr über zamma ghalda?
No wünsch i Euch a guads Neus
ond au des nediche Glück,
weilers vodiehnd hend.

Ond s'End isch en Afang

Em Wendr wenn von Dannaspitza
Em Wald scho helle Lichdla blitza
Ond Prevorst isch vorschneid,
noa isch des Chrischdkend nemme weid.

Ond älle Kender moined bang:
Oh ischs zom Chrischddag no so lang!
Vielleichd hoads Chrischdkend mi vorgessa,
weil i doch ledschdhin bes ben gwäsa.

Am End wird's Warda doch belohnd
Ond s'geid au Gschenkla wiea gewohnd.
Ond en dr Kirch herd mor diea heilge Gschichd
Ond diea schenkd Hoffnung uff a Lichd.
Des kommd ed jetzd, des kommd ned heid,
des isch doch guad, dass mir no Zeid.

Wiead Bleamla warded onderm Schnee
so wird au s'Leba weidergeh.
Ond Oma siehd am Enkelkend,
noach ihr goahds weider,
s'hoad koi End.

Oberstenfeld, Winter am Lichtenberg

Meine Bücher

<u>**Bis heute erschienen von dem Autor 17 Bücher**</u>
2018 noch lieferbare Bücher:

Im Verlag der Bücherstube Oberstenfeld sind erschienen:

Kinderbuch (8-12 J.)
Wo ist Jonas?   ISBN   3-9805485-4-6   9,80 €

Schwäbische Mundartreihe:
Mir send eba mir   ISBN   3-9805485-1-1   12,80 €
Halba denkd (wenige)   ISBN   3-9805485-5-4   12,80 €
Komm, gang mor weg!   ISBN   3-9805485-6-2   12,80 €

Das Buch zur Zeitungskolumne:
Schwäbisches von A-Z ISBN 13: 978-3-9805485-8-8 9,90 €

Im Verlag BoD sind erschienen:
Historische Erzählung: Geschichte aus dem Bottwartal
Schattenlicht   ISBN   978-3-7322-8978-3   10,90 €
**Matern Feuerbachers abenteuerliches Leben
im Bauernkrieg 1525**

2. Kinderbuch (8-12 J.) (neu 2016):
**Unser Freund Strolch   Ein Hundekrimi für Kinder
ab 8 Jahren**   ISBN   978-3-7412-8944-6   7,90 €

Schwäbische Mundart (neu 2016):
Schwädsch du no oder sprichst du schon?
              ISBN   978-3-7-4311-719-8   9,90 €

In Gedichten, Geschichten und Sketchen reist man mit viel Humor
durch a Schwoabaläba. Mit vielen Bildern und Zeichnungen
des Autors.

schwäbische Sketsche - Geschichten - Gedichte (neu 2017):
Was du ned sechsch!
              ISBN   978-3-7-4311-719-8   9,90 €

Ursprünglich gab es 11 schwäbische Bücher, die nicht mehr genannten sind
leider vergriffen.

Hanns-Otto Oechsle
Autor und Maler

Finkenweg 3
71720 Oberstenfeld
Mail: oechsle.hanns-otto@t-online.de
Fon: 07062 / 3519

Galerie:
Küfergasse 6
„Bücherstube"
Sortimentsbuchhandlung seit 1988 und Verlag
71720 Oberstenfeld
mail: oechsle.buecherstube@t-online.de
Fon: 07062 / 21029

Denk Droa, wo herkommsch!

Dua doch ned
dei Gosch vorbiaga,
schwätz' liabr schwäbisch

Bauersberg, Geradstetten ... meine Wurzeln

Älles Guade
Hanns-Otto Oechsle
Oberstenfeld 2018